50

VERLAG
FRITZ
MOLDEN

Mario Puzo

DIE WELT DES PATEN

Geständnisse des Autors
zu Buch und Film

VERLAG FRITZ MOLDEN · WIEN — MÜNCHEN — ZÜRICH

Sämtliche Abbildungen stammen aus dem Film „Der Pate" und wurden uns freundlicherweise von Paramount Pictures Corporation zur Verfügung gestellt.

1.–12. Tausend

Aus dem Amerikanischen übertragen von
RUDOLF ROCHOLL

Titel der amerikanischen Originalausgabe
THE GODFATHER PAPERS AND OTHER CONFESSIONS

Umschlag und Ausstattung: Hans Schaumberger, Wien
Lektor: Marion Pongracz
Technischer Betreuer: Ernst Ablöscher
Schrift: Garmond Garamond-Antiqua
Satz: Filmsatzzentrum Deutsch-Wagram
Druck: Carl Ueberreuter, Wien
Bindearbeit: A. Popek, Wien
ISBN 3-217-00478-8

Für Gino

INHALT

VORWORT

Unter allen meinen Romanen liebe ich den Paten am wenigsten. Ich finde es aber ungerecht, wenn er einzig aus dem Grunde verrissen wird, weil er ein Bestseller ist. Ich mache mir nicht allzuviel aus Kritik, aber ich glaube, ich darf sagen, daß „Der Pate", rein handwerklich gesehen, eine Leistung darstellt, auf die jeder Erzähler stolz sein darf. Er ist kein Zufallstreffer. Seit fast dreißig Jahren übe ich mich im Schreiben, und nun bin ich so weit, daß ich mein Metier beherrsche.

Den zweiten Aufsatz in diesem Buch, „Die Entstehung des Paten", habe ich nur deshalb geschrieben, weil so viele schon über das Buch und den Film geschrieben haben und Fragen danach stellten. Auch wurde ich so oft von Fernsehen, Funk und Presse um Interviews gebeten, daß ich es für einfacher hielt, sie alle abzulehnen und jedem Interessierten die gewünschten Informationen hier zu geben.

TRÄUME IN HELL'S KITCHEN

In den Jahren meiner Kindheit und Jugend, die ich im Herzen von New Yorks neapolitanischem Getto verlebte, hörte ich nie einen Italiener singen. Keiner der Erwachsenen, die ich kannte, war reizend oder liebenswürdig oder verständnisvoll; sie waren grob, gewöhnlich und frech. So kam es, daß ich mir im späteren Leben, als ich mit den Klischees des liebenswerten Italieners, des singenden Italieners, des sorglos-unbeschwerten Italieners konfrontiert wurde, die Frage stellte, wo die Filmproduzenten und Autoren ihre Ideen und Vorstellungen eigentlich herhaben mochten.

In frühester Jugend beschloß ich, diesen Leuten, mit denen ich nichts gemein hatte, zu entkommen. Ich wollte Künstler werden, Schriftsteller. Damals schien das ein ganz und gar unmöglicher Traum zu sein. Mein Vater und meine Mutter waren Analphabeten, so, wie es ihre Eltern gewesen waren. Später versuchte ich, die Erwachsenen mit gnädigeren Augen zu betrachten, und kam zu dem Schluß, daß ihr einziger Fehler darin bestand, Ausländer zu sein; ich selber war ja Amerikaner. Das half mir allerdings nicht weiter, denn ich hatte nur zum Teil recht. Ich war der

Ausländer. Sie waren bereits „amerikanischer", als ich es jemals werden konnte.

Doch kam es mir damals so vor, als seien die italienischen Einwanderer, alle die mir bekannten Väter und Mütter, ein schrecklicher Haufen Menschen: immer schreiend, immer wütend, dem Streit mehr zugeneigt als der Umarmung. Ich begriff nicht, daß ihr Leben eine einzige Plackerei ums tägliche Brot war und daß körperliche Erschöpfung nicht gerade liebenswürdiger stimmt.

Und deshalb hatte ich schon als kleines Kind ungeheure Angst davor, später ebenso zu werden wie die Erwachsenen. Ich hörte sie zu viel Grausames über ihre liebsten Freunde sagen, zu oft sah ich ihre scheinheiligen Umarmungen, mit denen sie jene begrüßten, denen sie gerade erst Übles nachgesagt hatten, und mit Entsetzen bemerkte ich ihre paranoide Wut über irgendeine winzige Geringschätzung oder eine eingebildete Beleidigung. Sie waren nachtragend. Kurzum: sie besaßen nicht die arglose Großmut von uns Kindern.

In meiner Jugend verachtete ich die Älteren, einige unter dreißig inbegriffen. Ich bezog meine Verachtung auf ihre Lebensumstände. Später, als ich über diese des Lesens und Schreibens unkundigen Männer und Frauen schrieb, als ich glaubte, sie zu verstehen, verspürte ich ein herablassendes Mitgefühl. Schließlich hatten sie gelitten, hatten sich jeden Tag ihres Lebens abgerackert. Niemals hatten sie Luxus kennengelernt, und was ihre wirtschaftliche Sicherheit anging, so waren sie kaum besser gestellt als die Sklaven im alten Rom, die ihre Vorfahren gewesen waren. Aha, dachte ich mit neugewonnener künstlerischer Einsicht: was sie von ihren Kindern trennte, war diese sonderbare amerikanische Sprache – ihnen selber fremd, ihren Söhnen und Töchtern hingegen wohlvertraut.

Als ich schon Schriftsteller war, wenngleich noch kein Ehemann oder Vater, dachte ich allwissend über ihre Tragödie nach, die ich wieder den besonderen Umständen zuschrieb und nicht als eine Konstante menschlichen Lebens erkannte. Ich begriff noch nicht, weshalb diese Männer und Frauen willens waren, sich im Leben mit weniger zufriedenzugeben, als sie es verdient hätten, und dieses „weniger“ noch für eine große Errungenschaft hielten. Ich verstand nicht, daß sie es sich einfach nicht leisten konnten, zu träumen. Ich selber hatte hundert Träume zur Auswahl – denn ich war bereits sicher, daß ich entkommen würde, daß ich einer der Auserwählten sei. Ich würde reich sein, berühmt, glücklich. Ich würde mein Schicksal meistern.

Und so war es vielleicht ganz natürlich, daß ich als Kind, das keinen Vater mehr hatte und dessen Mutter das Familienoberhaupt darstellte, wie alle Kinder in allen Gettos von Amerika in einen erbitterten Kampf mit den für mich verantwortlichen Erwachsenen geriet. Es war unvermeidlich, daß meine Mutter und ich zu Feinden wurden.

Als Kind hatte ich die üblichen Träume. Ich wollte ein gutaussehender Mann werden, wie die Cowboys im Kino. Ich wollte ein Held in einem weltweiten Krieg werden. Oder, wenn kein Krieg kam (unsere Lehrer sagten, ein neuer sei unmöglich), wollte ich wenigstens ein Abenteurer sein. Dann ging meine Phantasie andere Wege, und ich nahm mir vor, ein großer Künstler zu werden, und schließlich – noch interessanter – ein großer Verbrecher.

Meine Mutter hingegen wollte, daß ich Angestellter bei der Eisenbahn werde. Und das war ihr höchstes Ziel – sie hätte sich auch mit einem geringeren zufriedengegeben. Als ich, mit sechzehn Jahren, allen mitteilte, daß ich die Absicht hatte, ein großer Schriftsteller zu werden, nahmen Freunde und Familie diese Neuigkeit recht ruhig auf, meine Mutter inbegriffen. Sie wurde nicht wütend. Sie nahm stillschweigend an, daß ich übergeschnappt sei. Sie war ein Analphabet, und ihr Leben als Bäuerin in Italien hatte sie zu der Überzeugung gebracht, daß nur ein Sohn aus adliger Familie überhaupt Schriftsteller werden könne.

Schließlich konnte künstlerische Schönheit allein dem Saatbeet guter Kleidung, guten Essens und luxuriöser Umgebung entspringen. Wie also sollte ein Sohn von ihr Künstler werden können? Auch als ich viele Jahre später zwei Bücher veröffentlicht hatte, war sie noch nicht allzu überzeugt davon, sich geirrt zu haben. Erst nach dem Erfolg des dritten verlieh sie mir den Titel eines Dichters.

Meine Familie und ich wuchsen auf der Tenth Avenue zwischen der 30. und 31. Straße auf, einem Teil jenes Gebiets, das „Hell's Kitchen" genannt wurde. Diese Umgebung wäre die ideale Kulisse für einen der Filme über verwahrloste Kinder gewesen oder für ein soziales Drama der East Side, mit John Garfield in der Titelrolle. Unsere Mietwohnung war die westliche Stadtmauer. Unter unseren Fenstern lagen die ungeheuren schwarzen eisernen Gärten von New Yorks Central Railroad mit ihren stinkenden Viehwaggons, aus denen man Rindvieh und Schweine für das städtische Schlachthaus entlud. Manchmal entkamen Rinder und sprangen zwischen den Häuserwänden umher, gefolgt von erstaunten Kindern, die noch nie eine lebende Kuh gesehen hatten.

Die Eisenbahnanlagen erstreckten sich bis zum Hudson River, hinter dessen Abfallwassern sich die felsigen Palisaden von New Jersey erheben. Auf der Tenth Avenue verliefen die Geleise zu einem anderen Bahnhof: St. Johns Park. Und weil diese Strecke mit ihren Zügen die eine Seite der Straße von der anderen trennte, führte eine Holzbrücke über die Tenth Avenue: eine romantisch aussehende Brücke trotz der Tatsache, daß unter ihr kein glitzerndes Wasser mit silbrigen Fischen daherströmte, sondern nur schwere, ratternde Rollwagen, gezogen von müden Gäulen, ein paar Lastwagen mit niedrigen Seitenwänden, uralte Autos, und natürlich lange Ketten von Güterwaggons hinter häßlichen Lokomotiven.

Wirklich zauberhaft war es aber, auf der Brücke zu sitzen, mit baumelnden Beinen, und sich von den Lokomotiven unten in Dampfwolken einhüllen zu lassen, aus denen man feucht und nach frisch gebügelter Wäsche riechend wieder auftauchte. Als ich sieben Jahre alt war, verliebte ich mich zum erstenmal, und zwar in das mutige kleine Mädchen, das mich an der Hand hielt und mit mir in der magischen Dampfwolke verschwand. Diese Erfahrung war vermutlich traumatischer und für meine späteren Beziehungen zu Frauen verhängnisvoller als jene häßlichen Kindheitsabenteuer, mit denen Freudsche Autoren gewöhnlich zu erklären versuchen, weshalb aus ihrem Helden ein Übeltäter geworden sei.

Mein Vater brachte seine Frau und sieben Kinder als Gleisarbeiter bei der New York Central Railroad durch. Mein ältester Bruder arbeitete als Bremser bei der Bahn, ein anderer Bruder war Büroangestellter im Güterverkehr. Und ich selber brachte einige der ärgsten Monate meines Lebens als der ärgste Botenjunge der Bahn zu.

Meine älteste Schwester war als Näherin in der Bekleidungsindustrie ebenso unglücklich. Sie wollte Lehrerin werden. Dann und wann arbeiteten auch meine anderen beiden Brüder bei der Eisenbahn – alle sechs männlichen Familienangehörigen waren dabei. Die beiden Mädchen und meine Mutter entgingen diesem Los, obwohl meine Mutter es für ihre Pflicht hielt, allen unseren Chefs zu Weihnachten einige Flaschen hausgemachten Weines zu schicken. Aber jeder haßte seinen Job, ausgenommen mein ältester Bruder, der Nachtschicht hatte und den größten Teil seiner Arbeitszeit in Güterwaggons verschlief. Mein Vater wurde zum Schluß gefeuert, weil der Vormann zu ihm sagte, er solle für die Rotte einen Eimer Wasser holen, aber nicht den ganzen Tag damit zubringen. Mein Vater nahm den Eimer und verschwand für immer.

Fast alle italienischen Männer der Tenth Avenue unterhielten ihre großen Familien durch Arbeit bei der Bahn. Ihre Kinder verdienten sich ihr Taschengeld dadurch, daß sie im Sommer Eis aus den Kühlwagen klauten und im Winter Kohlen aus den offenen Waggons. Bisweilen brach ein älterer Junge die Plombe eines Güterwagens auf und warf einen Blick ins Innere. Dies jedoch rief gewöhnlich die Bullen auf den Plan, die Sonderpolizei der Eisenbahn. Und meist bestand die Ladung aus „schwerer" Ware, deren Abtransport und Verkauf zuviel Arbeit bedeutete: verderbliche Lebensmittel oder Kisten mit billigen Süßigkeiten.

Die älteren Jungen besorgten sich ihre Moneten, indem sie aus Lastwagen klauten, die bei der Bekleidungsfabrik in der 31. Straße beladen wurden. Sie verhökerten die teuren Kleider von Tür zu Tür, und zwar zu Spottpreisen, bei denen kein Diskontgeschäft mithalten konnte. Von dieser Beschäftigung stiegen einige ins organisierte Verbrechertum auf, dessen Talentsucher die jungen Aspiranten aufspürten. Trotzdem wurden die meisten zu ehrlichen Menschen, die sich mit fünfzig Dollar die Woche zufriedengaben, sei es als Lastwagenfahrer, Auslieferer oder Angestellte im öffentlichen Dienst.

Ich sehnte mich danach, auf die schiefe Bahn zu geraten, aber ich bekam keine Chance. Der italienische Familienverband war zu stark.

Nie kam ich in eine leere Wohnung heim, und stets war sie vom Duft des Abendessens erfüllt. Immer war meine Mutter zu meiner Begrüßung da, manchmal mit einem Gummiknüppel in der Hand. (Niemand hat je erfahren, wie sie zu diesem Gegenstand gekommen war.) Aber sie war immer da, sie oder ihre autorisierte Stellvertreterin, meine ältere Schwester, die sich ein Vergnügen daraus machte, meinen kleinen Brüdern leere Milchflaschen an den Kopf zu werfen, wenn sie schlechte Zensuren heimbrachten. Ich kann mich nicht erinnern, während der großen Depression der dreißiger Jahre jemals nicht gut gegessen zu haben, obwohl wir die Ärmsten der Armen waren. Viele Jahre später wurde mir bewußt – als Gast in einem Millionärs-Club –, daß unsere arme Familie auf Kosten der Sozialunterstützung besser aß als einige der reichsten Leute Amerikas.

Meiner Mutter wäre es nicht im Traume eingefallen, etwas anderes als das beste importierte Olivenöl und die feinsten italienischen Käse zu verwenden. Mein Vater hatte Zugang zu den Obstlieferungen, die von den Schiffen ausgeladen wurden, zur Ladung von Eisenbahnwaggons, ehe die Ware durch die Hände von Zwischenhändlern gegangen war, und meine Mutter konnte, wie die meisten Italienerinnen, vorzüglich kochen.

Meine Mutter war als Persönlichkeit ebenso hervorragend wie als Köchin. Von oben herab ließ sie sich nicht behandeln. Mein ältester Bruder besaß mit sechzehn Jahren seinen eigenen alten Ford und benutzte ihn, um seine Karriere als Don Juan der Tenth Avenue zu fördern. Eines Tages bat meine Mutter ihn, sie zum Markt Ecke Ninth Avenue und 40. Straße zu fahren, kaum mehr als fünf Minuten entfernt. Mein Bruder hatte andere Pläne und behauptete, er arbeite in einer neuen Schicht bei der Bahn. Arbeit war eine akzeptable Entschuldigung – sogar bei Beerdigungen. Doch als meine Mutter eine Stunde später aus der Haustür trat, sah sie den Klapperkasten, beladen mit drei hübschen Mädchen aus der Nachbarschaft, die mein Bruder gerade wegtransportieren wollte. Unglücklicherweise lag ein Pflasterstein in greifbarer Nähe. Meine Mutter ließ ihre schwarzlederne Einkaufstasche fallen und packte den Stein mit beiden Händen. Während wir alle voller Entsetzen zusahen, ließ sie den Steinbrocken auf die Stoßstange des Wagens niedersausen. Dann hob sie ihre Tasche auf und wendete sich resolut in Richtung Ninth Avenue, um ihre Einkäufe zu tätigen. Noch heute, vierzig Jahre danach, liegt der Schreck in der Stimme meines Bruders, wenn er die Geschichte erzählt. Er begreift noch immer nicht, wie sie das hatte tun können.

Meine Mutter hatte ihre eigenen Legenden und Mythen, was die Akkumulierung eines Vermögens betraf. So hatten wir einen Onkel, der als zweiter Koch in einem berühmten italienischen Restaurant beschäftigt war. Jeden Tag, sechs Tage in der Woche, brachte dieser Onkel unter seinem Hemd sechs Eier, ein Paket Butter und ein kleines Säckchen Mehl mit nach Hause. Dies tat er dreißig Jahre lang, und es gelang ihm, so viel Geld zu sparen, daß er sich ein Fünfzehntausend-Dollar-Haus auf Long Island und zwei kleinere Häuser für seinen Sohn und seine Tochter kaufen konnte. Ein mit einem Collegediplom gesegneter Cousin arbeitete als Chemiker in einer großen Fabrik. Er benutzte die Rohmaterialien und Einrichtungen seiner Firma, um ein hervorragendes Fußbodenwachs zusammenzubrauen, das er in seiner Freizeit von Tür zu Tür verkaufte. Es war ein großartiges Wachs, und bei seinen geringen Investitionen konnte er annehmbare Preise fordern. Meine Mutter und ihre Freundinnen erachteten dies nicht als Diebstahl. Sie hielten es für Sparsamkeit.

Der wachsverkaufende Cousin zerstörte seinen guten Ruf schließlich dadurch, daß er sich ein Segelboot kaufte, was ähnliches Entsetzen hervorrief, als wenn der Sohn einer Bostoner Puritanerfamilie zehntausend Dollar in einem Bordell verpulvert hätte.

So wie reiche Männer ihren Ehefrauen entkommen, indem sie in ihren Club gehen, entkam ich meiner Mutter, indem ich ins Hudson Guild Settlement House ging. Ein Settlement House ist die Verbindung von Club und sozialer Hilfsstelle. Die Hudson Guild, ein fünfgeschossiger Tummelplatz der Freude für Slumkinder, hatte Tischtennis- und Billardräume, eine Werkstatt, in der man Lampen machen konnte, ein Theater für Amateuraufführungen, eine Sporthalle zum Boxen und Basketballspielen. Und dazu gab es gesonderte Räumlichkeiten, in denen die verschiedenen Clubs ungestört tagen konnten. Die Hudson Guild schloß sogar ihre Mitglieder aus, wenn sie sich ungebührlich benahmen oder es versäumten, ihre winzigen Beiträge zu entrichten. Für ein Slumkind war es ein niederschmetterndes Ereignis, seinen Namen am schwarzen Brett zu entdecken mit dem Hinweis, daß es von der Direktion suspendiert worden sei.

Einige junge Leute standen uns als Ratgeber zur Seite, und an einen von ihnen erinnere ich mich bis zum heutigen Tage mit echter Zuneigung. Es waren eher Freunde denn Erwachsene, die uns beaufsichtigten. Ich weiß noch, wie einer von ihnen uns half, eine Kiste gestohlener Schokolade zu verdrücken, statt uns

Vorhaltungen zu machen. Womit er genau das Richtige tat: danach vertrauten wir ihm. Die Hudson Guild bewahrte mehr Kinder vor dem Kittchen als tausend Polizisten. Sie existiert heute noch und dient den neuen Einwanderern, den Schwarzen und den Puertoricanern.

Eines Abends fand ein gesellschaftliches Ereignis statt; die Reichen New Yorks, einschließlich der „Ethical Culture Society", folgten einer Einladung der Hudson Guild, die dazu bestimmt war, eine gewaltige Summe Geldes für die Förderung des sozialen Wohnprogramms aufzubringen. Ich glaube, es handelte sich um ein Essen mit einer Theateraufführung, was jede Person hundert Dollar kostete. Ihre Chauffeure parkten die Limousinen längs der Bordsteine der 27. Straße und Tenth Avenue. Wir unterprivilegierten Kinder – mit mir als Anführer – verbrachten den Abend damit, aus den Reifen unserer Wohltäter die Luft herauszulassen. Noblesse oblige.

Doch waren wir nicht durch und durch schlecht. In der Schule wurde eines Jahres jedes Kind ersucht, zum Erntedanktag eine Dose mit Konserven für die Armen mitzubringen. Den Lehrern schien es nicht bewußt zu sein, daß *wir* die Armen waren. Uns auch nicht. Jedes Kind der Schule ging los und klaute im nahe gelegenen Lebensmittelgeschäft eine Büchse Konserven. Unsere Schule schnitt bei diesem Wettbewerb in der ganzen Stadt am besten ab.

Einige der aufregendsten Tage meines Lebens verdanke ich der Hudson Guild. Im Alter von elf Jahren wurde ich für sieben Jahre Kapitän des Footballteams meines Clubs und Präsident des Star-Clubs; dieses Amt hatte ich fünf Jahre inne. Dieser Erfolg machte mir mehr Freude als jeder andere im Verlauf meines Lebens. Und ich lernte eine Menge dabei. Mit fünfzehn war ich durch die Macht so korrumpiert wie ein Diktator, bis ich durch eine Neuwahl meine Ämter verlor: meine besten Freunde schlossen sich meinen Gegnern an, um mich zu stürzen. Das war, für einen Fünfzehnjährigen, eine nicht alltägliche Lektion.

Der Star-Club bestand aus Jungen meines Alters und war im Grunde eine Bande von Straßenjungen, die vom Hudson Guild Settlement House gezähmt worden war. Wir hatten ein Footballteam, ein Basketballteam, ein Baseballteam. Wir hatten ein Jahrbuch. Wir hatten unseren eigenen Raum, in dem wir zusammenkommen konnten, und einen Berater, gewöhnlich einen Collegejungen. Er hieß Ray Dooley. Er machte mit uns Ausflüge aufs Land, im Winter übers Wochenende zur Hudson Guild Farm in New Jersey, wo wir unsere Schlitten an seinen Wagen banden und uns im Dreißig-Meilen-Tempo ziehen ließen. Wir zahlten's ihm zurück, indem wir ihm Lauge ins Gesicht kippten, wodurch er beinahe erblindet wäre. Wir hatten das Zeug für Mehl gehalten. Er machte uns keinerlei Vorhaltungen, und die Geschichte ging gut aus. Danach wurde er für uns zum Idol. Ich mochte ihn, weil er niemals den Versuch unternahm, meine Machtstellung zu usurpieren; zumindest merkte ich nichts davon.

Der Hudson Guild verdanke ich auch die unzweifelhaft glücklichsten Zeiten meiner Kindheit. Als ich etwa neun oder zehn Jahre alt war, schickten sie mich aufs Land. Es gab einen speziellen Fonds dafür, uns Slumkinder für zwei Wochen an private Familien in Kost und Quartier zu geben.

Als Kind kannte ich nur die Stadt. Ich hatte keine Vorstellung davon, wie es auf dem Lande aussehen mochte. Dann kam ich nach New Hampshire; ich roch das Gras und die Blumen und die Bäume, ich lief barfuß über die staubigen Landstraßen, ich trieb die Kühe von der Weide nach Hause, ich streunte durch Maisfelder, watete durch kleine Bäche, sammelte warme braungesprenkelte Eier im Hühnerstall ein, lenkte einen von zwei großen Pferden gezogenen Heuwagen – und schnappte fast über vor Freude. Es war wie im Märchen.

Die Familie, die mich aufnahm, bestand aus einem kinderlosen Ehepaar mittleren Alters; sie waren Baptisten und hielten die Sonntage so strikt ein, daß am Ruhetag des Herrn nicht einmal

Schachspielen erlaubt war. Sonntags gingen wir mindestens drei Stunden in die Kirche, Bibelunterricht einbegriffen, und abends noch einmal. Donnerstag abends gingen wir zur Betstunde. Meine Pflegeeltern waren aus religiösen Skrupeln noch nie im Kino gewesen. Sie waren Gegner des Tanzens, sie waren zweifellos politische Reaktionäre; sie waren eigentlich alles, gegen das ich später ankämpfen sollte.

Und doch schenkten sie mir jene zauberhaften Zeiten, die Kinder nie vergessen. Von neun bis fünfzehn war ich in jedem Sommer zwei Wochen lang glücklicher als ich je gewesen war oder jemals sein würde. Der Mann war handwerklich geschickt und baute mir einen kleinen Spielplatz mit Schaukel, Rutsche, Wippe. Die Frau hatte einen herrlichen Blumen- und Gemüsegarten, in dem ich ernten durfte. Eine Gurke oder Erdbeere aus der Erde zu holen, war ein Wunder. Und als sie entdeckten, wie sehr ich Picknicks liebte, Würstchen über dem Holzfeuer gebraten, gelben gerösteten Mais, fuhren sie Sonntag nachmittags mit mir auf einen schönen grünen Bergabhang. Nur wurden diese sonntäglichen Ausflüge nicht Picknick genannt; es hieß: „das Essen im Freien einnehmen". Ich fand das – und finde es heute noch – die hübscheste Form der Heuchelei.

Der Baptistenprediger wohnte in einem hundert Schritt entfernten Haus, und manchmal nahm er Sonntag nachmittags mit uns „das Essen im Freien" ein, er und seine Frau und seine Kinder. Außerhalb seiner Kirche war er ein frohgemuter fetter Mann, ein verhinderter Komödiant. Dazu ein liebevoller Vater, der seinen Kindern viel Spielzeug kaufte. Ich lieh mir diese Spielsachen aus, und an einem Tag Ende August ließ ich das große Motorschiff einen stillen, gewundenen Bach hinunterfahren. Als es seinen Bug an einer feuchten moosigen Stelle ins Ufer grub, versteckte ich es dort, um mit ihm spielen zu können, wenn ich im nächsten Jahr wiederkommen würde. Aber ich fand es nicht mehr.

Dann kam die Zeit – ich war fünfzehn –, wo mir gesagt wurde, ich sei zu alt, um aufs Land verschickt zu werden. Es war die erste Warnung, daß ich in die Welt der Erwachsenen eintreten mußte, ob ich wollte oder nicht. Auch in späteren Jahren gedachte ich dieses Ehepaares mit Zuneigung, vielleicht auch mit Liebe. Während meiner Besuche schenkten sie mir immer Kleidungsstücke, meinen allerersten Pyjama. Zu Weihnachten schickten sie mir Geschenke, und mit einundzwanzig, als ich Soldat wurde, besuchte ich sie. Ich war ihnen so ungeheuer dankbar, daß ich in ihrem Hause nicht rauchte und auch einem Mädchen aus dem Ort nicht nachlief, obwohl es mir vielversprechend erschien.

Ich glaubte damals, als Kind, daß der Staat New Hampshire über irgendeine Art Zäune verfüge, durch die alle Diebe und Bösewichter abgehalten wurden. Wahrscheinlich glaubte ich das, weil das Haus nicht abgeschlossen wurde, wenn wir am Sonntag und Donnerstag abends zur Kirche gingen. Ich glaubte es, weil ich niemals jemanden fluchen oder laut streiten hörte. Ich glaubte es, weil es schön war, es zu glauben.

Wenn ich von diesen Sommerferien nach Hause zurückkehrte, hatte ich eine neue Angewohnheit. Mit gesenktem Kopf sagte ich ein Tischgebet, bevor ich meine Spaghetti aß. Es dauerte immer nur einige Tage, und meine Mutter duldete es stillschweigend. Schließlich waren zwei Wochen Urlaub von ihrem anstrengendsten Kind schon ein Baptistengebet wert.

Aus diesem Paradies wurde ich geradewegs in die Hölle geschleudert. Das heißt, ich mußte meine Familie mit unterstützen, indem ich Arbeit bei der Eisenbahn annahm. Nach der Schule, natürlich. Es war die gleiche Eisenbahn, die die ganze Tenth Avenue mit Kohlen und Eis versorgt hatte, als ich noch so jung gewesen war, ungestraft stehlen zu können. Wenn um drei Uhr nachmittags die Schule zu Ende war, ging ich als Botenjunge ins Frachtkontor. Auch samstags und sonntags arbeitete ich, wenn es Arbeit gab.

Ich haßte es. Eine meiner ersten Kurzgeschichten handelt davon, wie ich diesen Job haßte. Was ich in Wirklichkeit haßte, war natürlich der Eintritt in die Welt der Erwachsenen. Für mich bedeutete diese Welt eine düstere Verzauberung, etwas Unnatürliches. So unnatürlich dem menschlichen Traum wie der Tod. Und ebenso unausweichlich.

Die Jungen sind ungeduldig, was Veränderungen betrifft, weil sie die Macht der Zeit nicht fassen; nicht nur als Feind des Fleisches, als Keim des Todes, sondern als gutartigen Krebs. So wie die Jungen nicht wirklich fassen können, daß Liebe ein Opfer der Zeit werden muß, können sie auch nicht erfassen, daß Ungerechtigkeiten, finanzielle und familiäre Fesseln ebenfalls der Zeit zum Opfer fallen können.

Und so glaubte ich tatsächlich, den Rest meines Lebens als Eisenbahnangestellter zubringen zu müssen. Daß ich nie ein Schriftsteller werden würde. Ich würde heiraten, Kinder haben und zu Taufen und Beerdigungen gehen und Sonntag nachmittags meine Mutter besuchen. Ich würde niemals ein Auto oder ein Haus besitzen. Ich würde nie Europa sehen, Paris und Rom und Griechenland, wovon ich in den Büchern der öffentlichen Bibliotheken gelesen hatte. Daß ich hoffnungslos von meiner Familie gefangen war, von der Gesellschaft, von meinem Mangel an Können und Bildung.

Doch ich entkam wieder. Mit achtzehn Jahren begann ich, von der Glückseligkeit meiner Kindheit zu träumen. Wie ich später mit dreißig von den Freuden meiner Jugend träumen würde, wie ich mit fünfunddreißig von der wunderbaren Zeit träumen sollte, die ich in der Armee verbrachte, die ich so gehaßt hatte. Wie ich im Alter von fünfundvierzig von den glücklichen, anstrengenden Jahren als treusorgender Ehemann und liebevoller Vater träumte. Ich verfügte über die wertvollste aller menschlichen Gaben: die der retrospektiven Verfälschung – das Vermögen, sich an das Gute zu erinnern und nicht an das Schlechte.

Ich träumte immer noch von künftigem Ruhm. Ich schrieb

immer noch Kurzgeschichten, ein oder zwei im Jahr. Ich wußte immer noch genau, daß ich ein großer Schriftsteller werden würde, ich begann mir klarzuwerden, daß Zufälle eintreten könnten und daß meine zweite Wahl, ein großer Verbrecher zu werden, in nächste Nähe rückte. Aber für die Jungen verläuft alles so langsam – ich konnte es abwarten. Die Welt würde auf mich warten. Ich konnte mein Leben immer noch mit Träumen ausfüllen.

Zur Sommerzeit war ich einer der großen Athleten der Tenth Avenue, doch im Winter wurde ich zum Stubenhocker. Ich las Bücher. In jungen Jahren schon entdeckte ich die Bibliotheken, die in der Hudson Guild und die öffentlichen Büchereien. In der Hudson Guild befreundete ich mich mit dem Bibliothekar. Ich liebte Joseph Altshelers (ich brauche nicht einmal seinen Namen nachzuschlagen) Erzählungen von den Kriegen der Indianerstämme des Staates New York, den Senecas und Irokesen. Ich entdeckte Doc Savage und den großen Erzähler Sabatini. Scaramouche ist bis heute, so denke ich gerne, Teil meines Charakters geblieben. Und dann, mit vierzehn oder fünfzehn oder sechzehn, entdeckte ich Dostojewski. Ich las alle Bücher, die ich bekommen konnte. Ich weinte um Fürst Myschkin im „Idiot", ich war schuldig wie Raskolnikow. Und als ich „Die Brüder Karamasow" beendet hatte, verstand ich zum erstenmal, was eigentlich mit mir und den Menschen um mich her geschah. Schon als Kind hatte ich Religion gehaßt, doch jetzt wurde ich ein Gläubiger. Ich glaubte an die Kunst. Ein Glaube, der mir ebensoviel geholfen hat wie irgendein anderer.

Meine Mutter betrachtete diese Leserei mit dem scheelen Auge der Latiner. Sie sah keinen Profit darin; da aber all ihre Kinder Leseratten waren, wußte sie wie ein guter General, daß man gegen eine derart störrische Insubordination nichts ausrichten konnte. Auch mochte ein wenig Neid mit im Spiele gewesen sein. Wenn sie gekonnt hätte, wäre sie die größte Leseratte von uns allen gewesen.

Meine direkten Vorfahren in den letzten tausend Jahren sind

höchstwahrscheinlich Analphabeten gewesen. Das goldene Italien, das sich den Reisenden so liebenswert darbietet, so hoheitsvoll in seiner Sprache und seiner Kunst, hat sich um seine Armen nie gesorgt. Mein Vater und meine Mutter waren des Lesens und Schreibens unkundig. Beide wuchsen auf Bauernhöfen im felsigen Hügelland nahe von Neapel auf. Meine Mutter erzählt, daß daß sie den Schinken vom Schwein kosten durfte, das sie jedes Jahr schlachteten. Er brachte auf dem Markt einen zu guten Preis, und Bargeld wurde gebraucht. Meiner Mutter wurde gesagt, daß die Familie sich die traditionelle Aussteuer zu ihrer Hochzeit nicht leisten könne, und dies hatte sie dazu bewogen, nach Amerika auszuwandern und ihren ersten Mann zu heiraten, den sie kaum kannte. Als er bei einem tragischen Unfall auf den Docks ums Leben kam, heiratete sie meinen Vater, der die Verantwortung für eine Witwe und ihre vier Kinder übernahm – vielleicht aus Dummheit, vielleicht aus Mitgefühl, vielleicht aus Liebe. Niemand hat es je erfahren. Er war ein Süditaliener mit blauen Augen, der drei Kinder später aus dem Familienkreis entschwand, als ich zwölf Jahre alt war. Er verfluchte Italien sogar noch mehr als meine Mutter. Aber andererseits war er auch von Amerika nicht allzu sehr angetan. Meine Mutter hat nie etwas von Michelangelo gehört, die großen Taten der Cäsaren waren ihr noch nicht zu Ohren gekommen. Nie hörte sie die großartige Musik ihres Heimatlandes. Sie konnte ihren eigenen Namen nur schwer schreiben.

Und so fiel es dann meiner Mutter schwer, zu glauben, daß ihr Sohn ein großer Künstler werden könne. Schließlich war es, als sie nach Amerika kam, ihr einziger Traum gewesen, das tägliche Brot zu verdienen – schon dies ein ausgefallener Traum. Und in der Rückschau hatte sie vollkommen recht. Ihr Sohn ein Künstler? Bis zum heutigen Tage schüttelt sie ihren Kopf. Und ich schüttle meinen.

Amerika mag heute ein faschistisches, kriegerisches, mit Rassenvorurteilen behaftetes Land sein. Es mag den Haß seiner revolutionären Jugend verdienen. Aber was für ein Wunder war es einst! Was hier geschehen ist, geschah in keinem anderen Land zu irgendeiner Zeit. Die Armen, die seit Jahrhunderten arm gewesen waren – ach was: seit undenklichen Zeiten –, deren Kinder ihre Armut geerbt hatten, ihr Analphabetentum, ihre Hoffnungslosigkeit, brachten es hier zu Freiheit und Würde. Sie bekamen es nicht umsonst, sie mußten mit Tränen und Leiden bezahlen, aber warum nicht? Und einige wurden sogar Künstler.

Nicht einmal meine Gabe der retrospektiven Verfälschung vermag es, die Spanne von meinem achtzehnten bis zum einundzwanzigsten Lebensjahr als glückliche Zeit erscheinen zu lassen. Ich haßte das Leben. Ich wurde in die Falle gezerrt, die ich fürchtete und schon als Kind vorhergesehen hatte. Alles war da: die geregelte Arbeit, das nette Mädchen, das schließlich schwanger wurde, und dann die Ehe und der Kampf ums liebe Geld, das nicht reichen wollte. Ich merkte es selber, daß ich mich immer unheldenhafter benahm. Aus purer Selbstverteidigung mußte ich Lügen erzählen, und ich wurde nachtragend.

Aber die Erlösung kam. Als der Zweite Weltkrieg ausbrach, war ich entdeckt. Es gibt kein anderes Wort dafür, so schrecklich es auch klingen mag. Mein Land rief mich. Ich wurde von meiner Mutter erlöst, von meiner Familie und von dem Mädchen, in das ich leidenschaftlich verliebt war, das ich aber nicht liebte. Und erlöst ohne Schuld! Heroisch. Mein Land rief mich, befahl mir, es zu verteidigen. Ich muß einer von Millionen gewesen sein – von Söhnen, Ehemännern, Vätern, Liebhabern –, die sich in aller Unschuld von ihren genarrten Lieben davonmachten. Und was für ein Entrinnen das war! Der Krieg ließ alle meine Träume Wirklichkeit werden. Ich fuhr einen Jeep, durchreiste Europa, hatte Liebesaffären, fand eine Frau und erlebte den Stoff für meinen ersten Roman. Aber jener Krieg war natürlich ein gerechter Krieg, was der in Vietnam nicht ist, und so mag es heute gerechtfertigt sein, daß die revolutionäre Jugend ihren eigenen Ausbruch unternimmt, indem sie ihre eigenen Herrscher angreift.

Weshalb dann marschierte ich fünf Jahre später in die Falle zurück, mit Weib und Kind und einem Job im öffentlichen Dienst, über den ich sogar froh sein mußte? Nach fünf Jahren des Lebens, von dem ich geträumt hatte – jede Menge Frauen, jede Menge Alkohol, jede Menge Moneten, kaum was zu tun, interessante Gefährten, Reisen – weshalb marschierte ich da in den Käfig von Familie und Pflicht und steter Arbeit zurück?

Aus dem einfachen Grunde, natürlich, weil ich nie wirklich entronnen war, meiner Mutter nicht, meiner Familie nicht und nicht dem moralischen Zwang unserer Gesellschaft. Wieder einmal hatte die Zeit ihr Werk getan. Ich war wieder in meinem Käfig – und ich war, glaube ich, glücklich. In den nächsten zwanzig Jahren schrieb ich drei Romane. Zwei davon waren Erfolge bei der Kritik, aber sie brachten mir nicht viel ein. Der dritte Roman, der nicht so gut war wie die beiden anderen, machte mich reich. Und endlich frei. Jedenfalls dachte ich das.

Weshalb stelle ich mir diese eingewanderten italienischen Bauern so vor, als seien sie glücklich gewesen? Ich erinnere mich, wie sie von ihren Vorfahren sprachen, die ihr ganzes Leben damit zubrachten, die dürren Berghänge Süditaliens zu beackern. „Er ist in demselben Haus gestorben, in dem er geboren wurde", sagten sie neidisch. „Er ist nie weiter als eine Stunde von seinem Dorf weg gewesen, sein ganzes Leben nicht." Sie seufzten. Was würden sie mit einem Ausdruck wie „retrospektiver Verfälschung" anfangen?

Nein, wirklich, wir alle sind jetzt glücklicher. Es ist ein besseres Leben. Und schließlich – wie meine Mutter immer sagte: „Red nicht vom Glücklichsein; sei lieber froh, daß du am Leben bist."

Als ich an meinen autobiographischen Roman ging („Mamma Lucia"), den jeder Schriftsteller einmal schreibt, wollte ich mich als empfindsamen, mißverstandenen Helden darstellen, der unter seiner Mutter und seiner Familie leidet. Zu meiner Verwunderung ergriff meine Mutter in dem Buch die Herrschaft, und ich bekam wieder meine gerechte Strafe. Trotzdem ist es, glaube ich, mein bestes Buch. Und all jene altmodischen, grimmigen, konservativen Italiener, die ich haßte und dann so gönnerhaft bedauerte, auch sie entpuppten sich als Helden. Ich war überrascht. Was mich am meisten verblüffte, war ihr Mut. Wo waren ihre Orden und Medaillen? Wo nahmen sie die Kühnheit her, zu heiraten, Kinder zu bekommen, sich in einem fremden Land ihren Lebensunterhalt zu verdienen, ohne Fachwissen, ja sogar ohne die Sprache zu beherrschen? Sie schafften es ohne Beruhigungspillen, ohne Schlaftabletten, ohne Psychiater, ja sogar ohne einen Traum. Helden, Helden rings um mich her. Ich hatte sie nie gesehen.

Wie auch? Sie trugen zerlumpte Arbeitskleidung und Schnurrbärte wie Fahrradlenkstangen, sie schneuzten sich mit den Fingern, und sie waren so klein, daß ihre Schulkinder sie überragten. Sie sprachen ein lächerlich gebrochenes Englisch, und die äußerste Grenze ihres Horizonts war das tägliche Brot. Tapfere Männer, tapfere Frauen: sie kämpften um ihr Leben ohne Träume. Ihnen ging's allein ums Überleben, und so engten ihre Sinne sich ein auf die bloße Existenz.

Es ist kein Wunder, daß ich sie in meiner Jugend verächtlich fand. Und dennoch hatten sie Italien verlassen und waren über den Ozean gefahren, um in ein neues Land zu kommen und ihre abgerackerten Knochen in Amerika begraben zu lassen. Sie hatten es gewagt, das gelobte Land zu suchen: jeder ein analphabetischer Kolumbus. Und also träumten auch sie einen Traum.

Vor rund vierzig Jahren, 1930, als ich zehn war, machte das Gaslicht die Wohnungen spukhaft und füllte die Gänge und Räume mit Geistern.

Wir hatten die beste Wohnung in der Tenth Avenue, ein ganzes Obergeschoß mit sechs Zimmern, wobei die Diele als Vorratskammer diente und das Dach als Patio. Zwei Ausblicke: einer auf die Eisenbahnanlagen mit dem Ufer von New Jersey im Hintergrund, der andere auf einen Hinterhof, wimmelnd von Katzen, auf die jedermann mit der Luftbüchse schoß. Zwischen diesen beiden Zimmern lagen drei Schlafzimmer ohne Fenster: die klassische Form der Eisenbahnerwohnung. Die Küche hatte eine Feuerleiter, über die ich des Nachts ausrückte. Es gab keine Zentralheizung, nur einen Kohlenofen an dem einen Ende der Wohnung und einen Ölofen am anderen. Aber mir gefiel sie. Sie war gemütlich, ob Slum oder nicht.

Meine älteren Brüder hörten noch Radio aus einem Detektor mit selbstgebastelten Kopfhörern; ich machte noch „Autostop" mit Pferd und Wagen; mutige Erwachsene wagten sich auf Straßenbahnen. Laut Kalender ist es erst vierzig Jahre her, gemessen an den Veränderungen unserer Welt sind es tausend. Wir haben Jets, Fernsehen, Penicillin gegen Syphilis, Kobalt gegen Krebs; wir haben sexuelle Freiheit für ledige Frauen, und trotz allem immer noch die Verachtung der Jüngeren gegenüber den Älteren.

Vielleicht aber befinden sich die Jungen dieses Mal auf dem richtigen Weg. Vielleicht wissen sie, daß die Träume unserer Väter böse waren. Möglicherweise stimmt es, daß der einzige Fluchtweg in die Magie der Drogen führt. Alle Italiener, die ich kannte und mit denen ich aufgewachsen bin, sind entkommen, haben Erfolg gehabt. Wir alle sind jetzt Amerikaner, wir alle haben Erfolg. Und trotzdem gibt der erfolgreichste Italiener, den ich kenne, unumwunden zu, daß er bisher als einzige menschliche Handlung den Selbstmord nicht habe verstehen können, ihn jetzt jedoch verstehe, seit er zu Erfolg gekommen sei. Nicht, daß er jemals etwas Derartiges tun würde – kein Italiener kann glauben, daß ein Italiener jemals Selbstmord begeht oder zu einem Homosexuellen wird. Doch gedacht hat er schon daran. Was hat ihm die Verwirklichung seines Traumes eingebracht? Er kehrte nach Italien zurück und versuchte, wieder wie ein Bauer zu leben. Aber er wird nie mehr vergessen können, daß man sich auch in feineren Schlingen verfangen kann als Armut und Hunger.

Es ist ein Unterschied, ob man schöne Zeiten erlebt hat, oder ob man glücklich lebt. Das Leben meiner Mutter war ein immerwährender Kampf, und dennoch glaube ich, daß es ein glückliches Leben war. Ein Beweis ist die Tatsache, daß sie im Alter von zweiundachtzig Jahren den Gedanken, der Tod könne sich ihr zu nähern wagen, mit entschiedener Entrüstung zurückweist. Aber solch ein Leben ist nicht für jeden.

Wenn ich's mir recht überlege, frage ich mich, wieso ich Schriftsteller geworden bin. War's die Armut? Waren es die Bücher, die ich las? Wer traumatisierte mich – meine Mutter oder die Brüder Karamasow? Der Umstand, daß ich Italiener war? Oder das Mädchen, das mit mir auf der Brücke saß, als der Dampf der Lokomotive uns wunderbar verschwinden ließ? Machte es einen Unterschied, daß ich als Italiener aufwuchs und nicht als Ire oder Schweizer?

Was tut's. Die gute Zeit beginnt; ich selbst wurde zu einer italienischen Erfolgsstory. Nicht so groß wie DiMaggio oder Sinatra, aber doch groß genug. Mir reicht es. Und ich kann mich wieder davonmachen. Ich habe meine retrospektive Verfälschung. Ich kann jetzt davon träumen, wie glücklich ich in meiner Kindheit war, in unserer Mietskaserne, beim Spielen in jenen schmutzigen und verzauberten Straßen – glücklich in der Armut, die meine Mutter zum Weinen brachte. Mit fünfzehn war ich zwar ein abgesetzter Diktator, aber sie hängten mich nicht auf. Und nun gedenke ich all jener unmöglichen Träume, die ich damals hatte, die darauf warteten, daß ich mich für einen entschied, damals, als ich nicht wußte, daß jenes Leben, als Kind, mein letzter Traum werden würde.

DIE ENTSTEHUNG DES PATEN

Der wahre Grund, weshalb ich mich entschloß, die folgende Geschichte niederzuschreiben, war wohl der, daß Paramount sich weigerte, mich die endgültige Fassung des Films sehen zu lassen. Ich gebe ungern zu, daß ich so selbstüberheblich bin, aber was hilft's: niemand ist vollkommen.

Dieser Umstand hatte auch zur Folge, daß ich beschloß, nie wieder einen Film zu schreiben, wenn ich nicht das letzte Wort behielte. Diesen Entschluß teilte ich meiner Agentur mit. Das bedeutet, daß ich aus dem Filmgeschäft heraus bin.

Ehe all dies geschah, unterschrieb ich den Vertrag für zwei weitere Filme, die mittlerweile fast beendet sind. Ich glaube, ich bin berechtigt sagen zu dürfen, daß ein Drehbuch die unbefriedigendste Form für einen Schriftsteller ist. Aber wie auf fast allen Gebieten macht es auch hier Spaß, einmal einen Versuch zu wagen.

Die meisten Filme sind schlecht, und sie sind schlecht, weil die Leute, die das letzte Wort haben, im Grunde gar nicht wissen, worum es bei der Handlung und den Charakteren eigentlich geht. Hollywood hat immer noch nicht begriffen, daß es bares Geld wäre, einen Autor genauso hoch zu achten wie etwa einen Produzenten, einen Regisseur oder (ich wage es kaum zu sagen) gar einen Studioleiter.

Das Buch

Ich habe drei Romane geschrieben. „Der Pate" ist nicht so gut wie seine beiden Vorgänger; ich habe ihn geschrieben, um Geld zu verdienen. Mein erster Roman, „The Dark Arena" (1955), bekam gute Kritiken: Ich sei ein Schriftsteller, hieß es, den man im Auge behalten müsse. Natürlich glaubte ich, reich und berühmt zu werden. Das Buch brachte mir 3500 Dollar ein, und ich ahnte nicht, daß ich noch ganze fünfzehn Jahre würde warten müssen.

Mein zweiter Roman, „Mamma Lucia", erschien zehn Jahre später (1965) und brachte mir 3000 Dollar ein. Mit mir ging's rapide bergab. Trotzdem bekam das Buch ein paar ungewöhnlich gute Kritiken. Die „New York Times" nannte es einen „kleinen Klassiker". Mir gefällt das Buch sogar selber, und unbescheidenerweise halte ich es für Literatur.

Jedenfalls, ich dachte, ich wäre endlich ein Held. Doch mein Verlag, der den Ruf genießt, mehr an Literatur als an Geld interessiert zu sein, war nicht beeindruckt. Ich bat um einen Vorschuß auf mein neues Buch (es sollte *der* große Roman werden), aber die Lektoren reagierten eher kühl. Sie waren höflich. Sie waren nett. Sie wiesen mir die Tür.

Ich konnte es nicht fassen. Ich ging nach Hause und las alle Kritiken über meine ersten beiden Bücher. (Die schlechten ließ ich aus.) Da mußte ein Irrtum vorliegen. Man schrieb mir ja zum mindesten wirkliche Begabung zu. Hört doch mal, ich war ein richtiger Schriftsteller, da stand es schwarz auf weiß, ein echter Künstler, der schon zwei beifällig aufgenommene Romane veröffentlicht hat. Jedes Wort darin hatte mich Schweiß gekostet, alles war auf meinem eigenen Mist gewachsen. Es konnte doch nicht wahr sein, daß mein Verleger mir keinen Vorschuß für einen neuen Roman geben wollte.

Wir hatten eine neuerliche Unterredung. Den Lektoren gefiel die Idee meines geplanten Buches nicht. Es klang nach einem weiteren Mißerfolg. Ein Lektor bemerkte versonnen, wenn in „Mamma Lucia" nur ein bißchen mehr von der Mafia drin gewesen wäre, hätte das Buch vielleicht Geld eingebracht. (Eine der Nebenfiguren war ein Mafiaboß.)

Ich war fünfundvierzig Jahre alt und des Künstlerseins müde. Außerdem schuldete ich Verwandten, Finanzierungsgesellschaften, Banken und diversen Buchmachern und Halsabschneidern zwanzigtausend Dollar. Es war tatsächlich an der Zeit, erwachsen zu werden und klein beizugeben. Also sagte ich zu den Lektoren, O. K., ich schreibe ein Buch über die Mafia, gebt mir bloß etwas Geld, damit ich anfangen kann. Sie sagten: erst wollen wir hundert Seiten sehen, vorher gibt's kein Geld. Ich ging einen Kompromiß ein und schrieb ein Exposé von zehn Seiten. Sie wiesen mir wieder die Tür.

Das schreckliche Gefühl der Zurückweisung, das ein Autor in solcher Situation erlebt, kann man nicht erklären: die Verletzung, die Niedergeschlagenheit, die Unsicherheit. Doch dieser Vorfall half mir, die Dinge richtig zu sehen. Ich war so naiv gewesen, zu glauben, daß Verleger an Kunst interessiert seien. Sie waren es nicht. Sie wollten Geld verdienen (wer will das nicht?). Sie waren Geschäftsleute. Sie mußten an ihr investiertes Kapital und an die Gehälter denken. Wenn irgendein Schwachsinniger ein Kunstwerk schaffen wollte, bitte sehr, doch auf sein eigenes Risiko.

Ich hatte wirklich an die Kunst geglaubt. Ich glaubte nicht an Religion, Liebe oder Menschen, nicht an die Gesellschaft und nicht an die Philosophie. Aber ich glaubte fünfundvierzig Jahre lang an die Kunst. Sie gab mir den Trost, den ich nirgendwo anders fand. Aber ich wußte, daß ich nie wieder ein Buch würde schreiben können, wenn das nächste kein Erfolg war. Der seelische und finanzielle Druck würde zu stark sein. Ich hatte nie daran gezweifelt, einen Bestseller schreiben zu können, wann immer ich wollte. Meine Freunde, meine Familie, meine Kinder und meine Gläubiger versicherten mir alle, daß nun der Zeitpunkt gekommen sei, jetzt oder nie.

Ich war willens, ich hatte ein Exposé – aber keiner biß an. Monate vergingen. Ich schrieb Abenteuerhefte, lektorierte, schrieb Zeitungsartikel und wurde von meinem Herausgeber, Martin Goodman, besser behandelt als je von einem Verleger zuvor. Ich war bereit, mir das Schreiben von Romanen aus dem Kopf zu schlagen – es sei denn als müßiges Hobby im hohen Alter. Eines Tages jedoch besuchte mich ein befreundeter Schriftsteller in meinem Büro. Ich schenkte ihm ein Exemplar der „Mamma Lucia". Eine Woche später kam er wieder. Er hielt mich für einen großen Schriftsteller. Ich lud ihn zu einem fürstlichen Mahl ein. Beim Essen erzählte ich ihm ein paar komische Mafiageschichten und zeigte ihm mein Exposé. Er war hellauf begeistert. Er verabredete eine Zusammenkunft mit den Lektoren von G. P. Putnam's Sons. Die Lektoren hörten sich eine Stunde lang meine Mafiageschichten an und sagten, ich solle mich an die Arbeit machen. Sie gaben mir auch einen Vorschuß von fünftausend Dollar, und die Sache war im Laufen. Fast, aber nur fast war ich geneigt, Verleger für menschliche Wesen zu halten.

Sobald ich das Geld von Putnam in die Finger bekam, dachte ich natürlich nicht daran, an dem Buch zu arbeiten. (Zum Glück war ein Teil des Vorschusses erst bei Abgabe des ganzen Manuskripts fällig, sonst hätte ich es nie zu Ende geschrieben.) Denn eigentlich wollte ich den „Paten" überhaupt nicht schreiben. Ich hatte einen ganz anderen Roman im Sinn (den ich nun nicht mehr schreiben werde: Themen vermodern wie alles andere auch).

Alle meine Kollegen beim Abenteuermagazin beschworen mich, das Buch sofort in Angriff zu nehmen. Sie waren überzeugt, daß ich mit ihm mein Glück machen werde. Die Story hatte ich ja schon, und das Ganze müßte doch großen Spaß machen. Jeder, den ich kannte, sagte, ich müsse es tun, und so fing ich schließlich an. Und gab meinen Job auf.

Bis zur Vollendung des Manuskripts brauchte ich drei Jahre. Während dieser Zeit schrieb ich monatlich drei Abenteuergeschichten für Martin Goodman als freier Mitarbeiter. Dazwischen erschien noch ein Kinderbuch von mir, das im „New Yorker" überschwenglich rezensiert wurde – es war das erste Mal, daß man dort meine Existenz zur Kenntnis nahm –, und außerdem schrieb ich eine Menge Buchkritiken. Auch Zeitungsartikel, von denen zwei im „New York Times Sunday Magazine" erschienen; hier überhäuften sie einen zwar nicht mit Geld, behandelten aber jeden Autor äußerst respektvoll. Jedenfalls schrieb ich in jenen drei Jahren mehr als in meinem ganzen bisherigen Leben zusammen. Und das meiste machte Spaß. Ich erinnere mich dieser Jahre als der glücklichsten Zeit meines Lebens. (Worin mir Familie und Freunde allerdings nicht beipflichten.)

Ich gebe schamvoll zu, daß ich den „Paten" ausschließlich auf der Grundlage von Recherchen geschrieben habe. Einem richtigen waschechten Vollblutgangster bin ich nie begegnet. Die Welt der Spieler kannte ich ganz gut, aber das war auch alles. Als das Buch „berühmt" geworden war, wurde ich einigen Herren aus der Branche vorgestellt. Sie alle liebten das Buch, wollten es aber nicht glauben, daß ich nie das Vertrauen eines Don besessen habe. Man erzählte sich, daß die Mafia mir eine Million Dollar gezahlt habe, damit ich mit dem „Paten" gewissermaßen Public-Relations für die Mafia mache, und wie ich höre, behaupten andere, ich müsse ein Mafioso gewesen sein, denn ich könne das Buch unmöglich nur auf Grund von Recherchen geschrieben haben. Ich bin stolz auf dieses Kompliment.

Schließlich beendete ich den „Paten" im Juli 1968, weil ich die letzte Vorschußrate von Putnam's brauchte, um mit meiner Frau und meinen Kindern nach Europa zu fahren. Meine Frau hatte ihre Familie seit zwanzig Jahren nicht gesehen, und ich hatte ihr versprochen, daß wir dieses Jahr hinfahren würden. Ich hatte kein Geld, wenn auch eine große Sammlung von Kreditkarten. Ich brauchte dringend diese 1200 Dollar in bar, also reichte ich den Rest des Manuskriptes ein. Ehe ich nach Europa fuhr, sagte ich meinem Verleger, er dürfe das Buch niemandem zeigen. Es müsse noch überarbeitet werden.

Meine Familie genoß Europa in vollen Zügen. American Expreß Büros nahmen Fünfhundert-Dollar-Schecks für ihre Kreditkarten in Zahlung. Ich suchte ihre Niederlassungen in London auf und in Cannes, in Nizza und in Wiesbaden. Meine Kinder und ich spielten in den schicksten Kasinos der französischen Riviera. Wenn nur einem von uns das Glück hold gewesen wäre, hätte ich die Schecks decken können, die vom American Expreß per Luftpost in die Staaten geschickt wurden. Wir verloren aber alle. Als Vater hatte ich versagt. Als wir schließlich nach Hause kamen, schuldete ich den Kreditkarten-Firmen achttausend Dollar. Ich machte mir keine Sorgen. Wenn es ganz schlimm kam, konnten wir immer noch unser Haus verkaufen. Oder ich konnte ins Gefängnis gehen. Es waren schon bessere Schriftsteller als ich hinter Gitter gekommen. Keine Bange.

Ich fuhr nach New York, um Candida Donadio aufzusuchen, meine Agentin. Ich hoffte, sie werde die Mitarbeit an irgendeiner Zeitschrift aus dem Ärmel schütteln und mich auslösen, wie sie's schon so oft getan hatte. Sie informierte mich, daß mein Verleger soeben 375.000 Dollar für die Taschenbuchrechte des „Paten" abgelehnt habe.

Ich hatte strikte Orders gegeben, das Buch niemandem auch nur zu zeigen – aber worüber sollte ich mich jetzt beklagen? Ich rief meinen Lektor bei Putnam an, Bill Targ, und der sagte, sie gingen nicht unter 410.000 Dollar, weil vierhunderttausend so etwas wie ein Rekord seien. Ob ich alles mit Clyde Taylor besprechen möchte, der die Verhandlungen führe? Ich sagte, nein. Ich sagte, ein Mensch, der 375.000 Dollar abzulehnen vermag, habe mein vollstes Vertrauen. Ich trieb mich in New York herum, ging mit Targ essen, und beim Kaffee wurde er angerufen. Ralph Daigh von Fawcett hatte die Taschenbuchrechte für 410.000 Dollar gekauft.

Ich ging in die Redaktion des Abenteuermagazins, um meine Mitarbeit zu kündigen und allen meinen Freunden die gute Nachricht mitzuteilen. Wir tranken einander zu, und dann entschloß ich mich, nach Long Island heimzufahren. Während ich auf meinen Wagen wartete, rief ich meinen Bruder an, um ihm die freudige Botschaft zu übermitteln. Ihm gehörten zehn Prozent am „Paten“, weil er mich mein ganzes Leben lang unterstützt und mir das Geld zur Vollendung des Buches vorgestreckt hatte. Im Verlauf der Jahre hatte ich ihn hin und wieder telefonisch um ein paar Hundert Dollar angefleht, um Raten abzuzahlen oder den Kindern Schuhe zu kaufen. Dann fuhr ich jedesmal mit dem Taxi bei ihm zu Hause vor, um das Geld in Empfang zu nehmen. Ob es regnete oder schneite, er selber fuhr nie mit dem Taxi, doch niemals machte er mir Vorwürfe. Jetzt wollte ich ihn wissen lassen, daß sich mein Anteil an den Taschenbuchrechten auf 205.000 Dollar belaufe (der Verleger der Originalausgabe behält die Hälfte), so daß er mit über zwanzigtausend rechnen könne.

Er gehört zu jenen Menschen, die stets zu Hause sind, wenn ich sie anrufe, um sie anzupumpen. Jetzt, da ich ihm Geld zurückzahlen wollte, war er natürlich nicht da. Ich bekam meine Mutter ans Telefon. Sie spricht nur gebrochen englisch, versteht aber jedes Wort. Ich erklärte ihr alles.

Sie fragte: „Vierzigtausend?“

Ich sagte, nein, es seien vierhundertzehntausend. Ich erzählte es ihr dreimal, ehe sie schließlich zur Antwort gab: „Sag's keinem nicht.“ Mein Wagen kam aus der Garage, und ich hängte ein. Die Straßen waren verstopft, und ich brauchte zwei Stunden, um heimzukommen. Als ich das Haus betrat, schlief meine Frau vor dem Fernseher, und die Kinder waren alle draußen und spielten. Ich ging zu meiner Frau, küßte sie auf die Wange und sagte:

„Liebling, wir brauchen uns keine Sorgen mehr ums Geld zu machen. Ich habe gerade mein Buch für vierhundertzehntausend verkauft."

Sie lächelte mich an und döste weiter. Ich ging in mein Arbeitszimmer hinunter, um meine Brüder und Schwestern anzurufen. Jede italienische Familie hat einen „chooch", einen Esel. Das ist der Familienidiot, von dem jeder überzeugt ist, daß er's nie schaffen wird, für sich selbst zu sorgen, so daß ihm ohne Murren und ohne Vorwürfe geholfen werden muß. Ich war der „chooch" der Familie und wollte ihnen bloß mitteilen, daß ich diese Rolle ablege.

Ich rief meine ältere Schwester an.

„Hast du's gehört" fragte ich.

Meine Schwester reagierte recht kühl. Langsam wurde ich ärgerlich. Niemand schien es für ein großes Ereignis zu halten, daß sich mein ganzes Leben grundlegend ändern würde; ich würde keine Geldsorgen mehr haben, was fast so war, als brauche man sich nicht mehr vor dem Sterben zu fürchten. Dann sagte meine Schwester: „Du hast vierzigtausend für dein Buch bekommen. Mama hat mich angerufen."

Ich war erbittert über meine Mutter. Trotz aller Erklärungen hatte sie mich nicht verstanden. Ihre achtzig Jahre waren keine Entschuldigung. „Nein", sagte ich zu meiner Schwester. „Vierhundertzehntausend."

Nun endlich bekam ich die Reaktion, die ich haben wollte. Es kam ein kleiner Aufschrei übers Telefon, danach eine erregte kurze Konversation. Aber ich wollte noch einmal mit meiner Mutter sprechen. Ich rief sie an und sagte: „Mama, wieso konntest du's falsch verstehen? Ich hab es dir fünfmal gesagt, es sind vierhundertzehntausend und nicht vierzigtausend. Wie konntest du dich so irren?"

Es trat eine längere Pause ein. Dann flüsterte meine Mutter: „Ich nich irren. Ich ihr nich sagen gewollt."

Als ich alle Anrufe hinter mich gebracht hatte, lag meine Frau im Bett und schlief. Die Kinder schliefen auch. Ich ging ins Bett. Als ich am nächsten Morgen aufwachte, umstanden Frau und Kinder im Kreis das Bett. Meine Frau fragte: „Was hast du gestern abend gesagt?“ Erst jetzt wurde ihr die ganze Geschichte klar.

Es war ein schönes Happy-End, doch keiner schien mir recht glauben zu wollen. Also rief ich Bill Targ an und ließ mir hunderttausend Dollar Vorschuß anweisen. Ich bezahlte meine Schulden, bezahlte meine Agenten, bezahlte meinem Bruder seine wohlverdienten zehn Prozent, und drei Monate später rief ich meinen Verleger an und bat um mehr Geld. Man war verblüfft. Was mit dem dicken Scheck geschehen sei, den ich vor drei Monaten bekommen hätte? Ich konnte der Versuchung nicht widerstehen. Weshalb sollte ich sie anders behandeln, als ich meine Familie während der mageren Jahre behandelt hatte? „Zehn Tausender machen noch keinen Sommer“, sagte ich. Damit wurde ich zum „chooch“ des Verlegers.

Der „Pate“ hatte mir über eine Million Dollar eingebracht, doch reich war ich immer noch nicht. Ein Teil des Geldes wurde für die Kinder angelegt. Ich mußte Agentengebühren und Anwaltshonorare bezahlen. Es gab Einkommenssteuer und Vermögenssteuer. Die Million schmolz auf weniger als die Hälfte zusammen. Doch bis mir das bewußt wurde, verlebte ich eine schöne Zeit. Ich gab das Geld ebenso schnell aus, wie es hereinkam. Das einzige, was mich störte, war, daß ich es als unnatürlichen Zustand empfand, keine Schulden zu haben. Ich schuldete niemandem auch nur einen roten Heller.

Das Geld liebte ich, aber das „Berühmtsein“ behagte mir nicht. Ich fand es einfach qualvoll. Ich habe mir nie viel aus Parties gemacht, habe mich niemals gern mit mehr als zwei oder drei Menschen gleichzeitig unterhalten. Ich mag keine Interviews, und ich mag es nicht, fotografiert zu werden.

Einmal ließ ich mich von einem Lektor meines Verlages zu einer TV-Sendung überreden. Er sagte: „Woher wollen Sie wissen, daß Sie es nicht mögen, wenn Sie es nie probiert haben?" Das klang einleuchtend. Ich probierte es. Ich fand es abscheulich. Seither bin ich nie wieder in Versuchung geraten. Ich glaube nicht, daß es sich um Snobismus handelt. Oder um falsche Art von Demut. Es ist einfach verdammt unbequem. Und nahezu jeder Autor, den ich auf dem Bildschirm sah, wirkte dümmlich. Das Fernsehen ist nun einmal kein Medium für einen Schriftsteller.

Bei Interviews erkannte ich mich selbst nicht wieder, und ich konnte nicht einmal den Interviewern die Schuld zuschieben. Diese albernen Bemerkungen stammten tatsächlich von mir, nur sagte ich sie nicht *so*. Also ließ ich TV und alle Publicity samt Interviews. Und Gott sei Dank ging ich nie auf diese Vortragstournees, die einem Buch auf die Bestsellerlisten verhelfen sollen. Einen fremden Menschen kennenzulernen gibt mir jedesmal einen nervösen Schock. Wahrscheinlich geht es fast jedem von uns ähnlich.

Unterdes hatte ich, wie sich herausstellte, einen gewaltigen Fehler gemacht. Kurz vor Vollendung des „Paten" verkaufte ich die Taschenbuchrechte der „Mamma Lucia" für einen Vorschuß von anderthalbtausend Dollar und die üblichen Prozente. Ich verkaufte sie an Lancer Books, und Irwin Stein, einer der Teilhaber, war so entgegenkommend, mir die anderthalbtausend auf einmal auszuzahlen, statt die Hälfte bis zum Erscheinungsdatum zurückzuhalten.

Ein größerer Fehler war mir lange vor der Veröffentlichung unterlaufen, als ich die ersten hundert Seiten des „Paten" geschrieben hatte. Die William Morris Agency hatte einem Vertrag mit Paramount für das Buch zugestimmt: 12.500 Dollar Optionszahlung gegen 50.000 Dollar mit Beteiligung, falls sie die Option nutzten. Ich war bereits zu Candida Donatio übergewechselt, doch William Morris hatte den ursprünglichen Buchvertrag unterzeichnet und repräsentierte mich daher in den Filmverhandlungen. Man riet mir ab. Man empfahl mir zu warten. Das aber war, als empfehle man einem Ertrinkenden, unter Wasser tief Luft zu holen. Ich brauchte Geld, und die 12.500 Dollar kamen mir vor wie Fort Knox. Es war mein Fehler, ich gebe es hier zu, aber ich habe es Paramount nie übelgenommen, daß sie den „Paten“ so billig bekommen haben.

Ich rede hier ziemlich offen über die etwas zu cleveren Geschäftsmethoden einiger Leute, und der Leser könnte den Eindruck bekommen, ich wäre darüber erbost, überrascht oder gekränkt. Nicht im mindesten. In der Welt und in der Gesellschaft, in der wir leben, waren alle diese Transaktionen absolut vernünftig. Die Tatsache, daß ich das Gefühl habe, von der William Morris Agency möglicherweise an Paramount Pictures verschleudert worden zu sein, bedeutet keineswegs, daß ich dies mißbillige oder verdamme oder irgendwie übelnehme. Gegen ihr Geschäftsgebaren ist nicht das geringste einzuwenden.

Ich will zum Schluß kommen. „Der Pate“ wurde Bestseller Nummer eins in den USA, war 67 Wochen auf der Bestsellerliste der „New York Times“ und gleichfalls Nummer eins in England, Frankreich, Deutschland und anderen Ländern. Er ist in siebzehn oder zwanzig Sprachen übersetzt worden – ich habe aufgehört zu zählen. Man sagt, er sei der schnellste Paperback-Bestseller aller Zeiten. Ja, das Buch ist ein Erfolg geworden. Ich erinnere mich an einen Tag, als ich daran arbeitete. Meine Frau schickte mich zum Supermarkt, meine Tochter bat mich, sie zu ihrer Freundin zu fahren, mein Sohn wollte zum Fußballtraining chauffiert werden. Ich explodierte. Ich sagte: „Herr im Himmel, wißt ihr denn nicht, daß ich an einem Buch arbeite, das mir hunderttausend Dollar einbringen kann?“ Sie sahen mich an, und dann lachten wir gemeinsam los.

Das Buch bekam viel bessere Kritiken, als ich erwartet hatte. Ich wünschte sehnlichst, ich hätte es besser geschrieben. Mir gefällt es. Es hat Kraft, und ich hatte das Glück, eine Hauptfigur zu finden, die mythische Größe hatte. Und trotzdem habe ich bei diesem Buch, wie ich glaube, nicht meinen Fähigkeiten Entsprechendes geleistet.

Der Film

Ich hatte über Hollywood gelesen – wie man dort Fitzgerald, Nathanael West und Schriftsteller im allgemeinen auszubeuten pflegt.

Ich selber hatte bereits eine interessante Erfahrung mit Hollywood-Produzenten gemacht. Ein paar Monate zuvor hatte meine Agentin angerufen und mich gebeten, nach New York zu kommen, um John Foreman zu treffen, den Produzenten der meisten Paul-Newman-Filme. Ich wohne fünfzig Meilen außerhalb der Stadt und hasse New York. Doch meine Agentin sagte, John Foreman habe „Mamma Lucia" gelesen, hat sich in das Buch verliebt und wolle einen Film daraus machen. Er sei ein wichtiger Mann, und ich solle unbedingt kommen.

Ich tat es, und es lohnte sich. John Foreman war ein dynamischer Mann. Drei Stunden lang redete er über mein Buch, wie sehr es ihm gefalle, wie fest entschlossen er sei, es zu verfilmen. Er zitierte die besten Stellen. Ihm gefielen genau die richtigen Dinge. Ich war fasziniert und beeindruckt. Der Film war so gut wie angelaufen. Als Foreman ging, versprach er, am nächsten Tag meine Agentin anzurufen und die finanziellen Einzelheiten des Vertrages festzulegen.

Niemand hat je wieder etwas von ihm gehört.

Daher war ich nicht im mindesten daran interessiert, was man in Hollywood aus meinem Buch machen würde, solange ich damit nichts zu tun hätte. Doch eines Tages las ich in der Zeitung, daß Danny Thomas die Rolle des Paten spielen wolle. Ich brach in Panik aus. Ich hatte immer an Marlon Brando gedacht. Also nahm ich durch einen gemeinsamen Freund, Jeff

Brown, Kontakt mit Brando auf und schrieb ihm einen Brief. Er war so freundlich, mich anzurufen, und wir unterhielten uns eine Weile. Er hatte das Buch nicht gelesen, sagte mir aber, das Studio werde ihn nicht engagieren, es sei denn, ein einflußreicher Regisseur bestehe darauf. Er war nett am Telefon, aber er schien nicht sonderlich interessiert zu sein. Und das war's dann.

Was ich zu der Zeit nicht wußte, war, daß Paramount beschlossen hatte, den Film nicht zu drehen. Der Grund lag darin, daß sie einen Film mit dem Titel „The Brotherhood" gemacht hatten – ebenfalls über die Mafia –, und der Film war ein künstlerischer und finanzieller Reinfall. Als ich „The Brotherhood" sah, hatte ich das Gefühl, als hätte man die ersten hundert Seiten meines Buches einem gewieften Drehbuchautor gegeben und ihm gesagt, er solle sie umschreiben. Dann nahmen sie Kirk Douglas für die Hauptrolle, und um zu zeigen, daß er ein liebenswerter Gangster sei, ließen sie ihn kleine Kinder abküssen. Dann ließen sie ihn, auf Befehl der Oberen, von seinem eigenen Bruder umlegen.

Bei der Arbeit für meine Zeitschriften hatte ich selber schon so einiges zusammengeschmiert. Was mich entsetzte, war die Stupidität des Films; das Drehbuch, das gesamte Konzept, das völlige Mißverstehen der Mafia-Welt. Was ich damals nicht wußte, war, daß das finanzielle Desaster des Films Paramount zu der Überzeugung gebracht hatte, daß mit Mafia-Filmen kein Geld zu machen sei. Erst als „Der Pate" ein Super-Bestseller wurde (die 67 Wochen auf der Bestsellerliste der „Times" machten ihn in den Augen der Geldleute dazu), mußten sie den Film drehen.

Schließlich wurde der Film dem Produzenten Al Ruddy übertragen, und der kam nach New York, suchte meine Agentin auf und sagte, Paramount wünsche, daß ich das Drehbuch schrieb. Die Produktionskosten seien niedrig, sagte er, so daß sie mir kein hohes Honorar zahlen könnten. Ich lehnte das Angebot ab. Sie boten mehr Geld und eine prozentuelle Beteiligung, und ich erklärte mich bereit, mit Al Ruddy zusammenzukommen. Wir trafen uns im Plaza zum Essen. Al ist groß und schlank und hat viel Charme.

Er war so nett, daß ich glaubte, es könne Spaß machen, nach Kalifornien zu fahren. Er mußte einige Telephongespräche im Plaza entgegennehmen, und er entschuldigte sich in sehr netter Form. „Himmel", sagte er, „ist ja genauso wie dieser Quatsch im Kino, aber es geht nun mal nicht anders."

Ich plauderte mit seiner Frau und war entzückt, als sie aus ihrer Handtasche einen lebenden Miniaturpudel zutage förderte, dem nach einem kurzen Japser wieder der Reißverschluß über dem Kopf zugezogen wurde, ehe der aufgebrachte Ober feststellen konnte, woher der Laut kam. Al und seine Frau nahmen den winzigen Pudel überall mit hin, ohne daß es jemand merkte. Das Pudelchen gab, solange es in der Tasche steckte, keinen Ton von sich. Nach Beendigung der Mahlzeit war ich von ihnen samt ihrem Hund begeistert und erklärte mich bereit, das Drehbuch zu schreiben.

Autorenkollegen fragten mich, weshalb ich Filme machen wolle. Mir liege das Schaugeschäft doch gar nicht. Ich sei Schriftsteller und habe Romane zu schreiben.

Als ich arm war und zu Hause an meinen Büchern arbeitete, gab ich meiner Frau ein feierliches Versprechen: sollte ich jemals zu Geld kommen, würde ich mir irgendwo ein kleines Atelier mieten, wo ich in Ruhe arbeiten kann und ihr nicht mehr dauernd vor den Füßen herumlaufe. Sie konnte es nicht leiden, wenn ich den ganzen Tag zu Hause war. Ich war im Wege. Ich zerwühlte das Bett. Ich brachte das Wohnzimmer in Unordnung. Ich streifte fluchend durchs Haus. Ich kam schimpfend aus meinem Arbeitszimmer gerannt, wenn die Kinder sich in den Haaren lagen. Kurzum: ich war eine Nervensäge. Am schlimmsten war, daß sie mich nie beim Arbeiten antraf. Sie behauptete, sie habe mich niemals tippen sehen. Sie behauptete, drei Jahre lang sei ich nur immer wieder auf dem Sofa eingeschlafen. Dann habe ich das Manuskript des „Paten" aus dem Ärmel hervorgezaubert.

Wie dem auch sei: ein Mann ist an sein feierliches Versprechen gebunden. Jetzt, da mir ein großer Erfolg beschieden war, hatte ich mein eigenes Haus während der Arbeitszeit zu verlassen.

Ich versuchte es. Ich mietete ruhige, elegante Ateliers. Ich fuhr nach London. Ich probierte die französische Riviera aus, Puerto Rico und Las Vegas. Ich engagierte Sekretärinnen und kaufte Diktiergeräte. Nichts kam dabei heraus. Ich brauchte das Geschrei und Gebalge der Kinder. Ich brauchte die Störungen durch meine Frau, die mich beim Arbeiten unterbrach, um mir die neuesten Vorhänge zu zeigen. Ich brauchte die Fahrten zum Supermarkt. Einige meiner besten Ideen fielen mir ein, während ich meiner Frau beim Beladen des Einkaufswagens half. Aber ich hatte mein feierliches Versprechen gegeben, aus dem Hause zu gehn. O. K. Ich ging also nach Hollywood.

Es stimmt: der Erfolg wirft einen Schriftsteller um. Ein Jahr lang war ich umhergestreunt und hatte mir's wohl sein lassen. Aber so lustig war das eigentlich gar nicht. Nicht übermäßig lustig. Zwanzig Jahre lang hatte ich das Leben eines Einsiedlers geführt. Gelegentlich war ich mit ein paar engeren Freunden essen gegangen. Einige Abende hatte ich mit den Freunden meiner Frau verbracht. Ich war ins Kino gegangen. Ich hatte meinen Kindern beigebracht, mit Gewinn zu spielen. Zumeist jedoch hatte ich mit mir selber gelebt, mit meinen Träumen, mit meiner Phantasie. Die Welt war an mir vorübergezogen. Ich wußte nicht, wie sehr die Männer sich verändert hatten, die Frauen, die Mädchen, die jungen Leute, die ganze Gesellschaft samt der Regierung.

Auch hatte ich mich stets damit begnügt, als Beobachter an den wenigen Parties teilzunehmen, die ich im Laufe der Jahre besuchte. Selten ging eine Unterhaltung oder eine Freundschaft von mir aus. Plötzlich war das auch nicht mehr nötig. Die Leute schienen entzückt, mit mir reden zu dürfen, mir zuzuhören; sie waren bezaubernd zu mir, und ich genoß es. Ich wurde der am leichtesten zu bezaubernde Mann der westlichen Hemisphäre. Dazu kam noch, daß die meisten dieser Leute tatsächlich reizend waren.

Es war einfach, das Eremitendasein aufzugeben, ja es war ein Vergnügen. Deshalb hatte ich den Mut, nach Hollywood zu gehen.

Die Vereinbarungen bezüglich des Drehbuchs waren akzeptabel: fünfhundert Dollar die Woche Spesen, eine hübsche Summe, dazu 2½ Prozent des Nettoprofits. An der damaligen Marktlage gemessen ein faires Angebot, besonders wenn man bedenkt, daß Al Ruddy seinen Job bekommen hatte, weil er den Film für nur eine Million produzieren wollte.

Aber die Wirklichkeit sah anders aus. Erstens kostete eine Suite im Beverly Hills Hotel 500 Dollar die Woche, was die Spesen auffraß. Dazu kam, daß meine 2½ Prozent nichts wert waren, solange der Film kein Superhit wie „Love Story“ wurde. Das Studio steckt für gewöhnlich alle Profite der prozentuell Beteiligten in die eigene Tasche. Dies geschieht durch die Buchhaltung. Wenn der Film vier Millionen kostet, addieren sie eine Million für Studiounkosten. Filme, die Geld einspielen, werden mit den Kosten der Werbung belastet. Sie haben Rechnungsführer, die Profite verschwinden lassen können wie Houdini.

Ich ging mit dem Gefühl nach Hollywood, von nichts mehr überrascht werden zu können. Ich war gewappnet. „Der Pate“ war *ihr* Film, nicht meiner. Ich würde ruhig bleiben. Ich würde mich nicht kränken lassen. Ich würde weder aufsässig noch paranoid werden. Ich war bloß ein Angestellter.

In Kalifornien gab es viel Sonne und viel frische Luft und viele Tennisplätze. (Ich hatte gerade das Tennis entdeckt und war wild aufs Spielen.) Ich würde gesund werden und abnehmen.

Das Beverly Hills Hotel ist für mich das beste Hotel der Welt. Es ist eine weitläufige, dreigeschossige, von Gärten umgebene Anlage, mit eigenen Bungalows, Swimming-pool und der berühmten Polo Lounge. Dazu kommt ein Tennisplatz, dessen Trainer, Alex Olmeda, mich „Meister“ nannte. Natürlich nannte er jeden „Meister“, aber immerhin ...

Die Bedienung ist hervorragend und freundlich, ohne aufdringlich zu sein. Es ist das einzige Hotel, in dem ich mich jemals wohlgefühlt habe. Aber es verschlang meine fünfhundert Dollar Wochenspesen und darüber hinaus noch einiges dazu.

Mein Büro war herrlich. Ich liebte das Gelände der Paramount mit seinen Western-Kulissen, seinen kleinen Gassen, seinen barackenähnlichen Gebäuden, seiner ganzen Atmosphäre, die mir das Gefühl gab, ich sehe all dies bloß in meinem Traum. Ich hatte mein Zimmer im zweiten Stockwerk, fern allen Trubels, so, wie ich's gern hatte. Al Ruddys weitaus aufwendigeres Hauptquartier lag im unteren Geschoß, so daß wir beide bloß die Treppe hinab- oder hinaufzulaufen brauchten, wenn wir uns sehen wollten.

Mein Büro war im Grunde gar nicht so großartig, aber mich störte das nicht. Ich hatte einen Kühlschrank und dazu einen unerschöpflichen Gratisvorrat an Soda pop. Und ich hatte ein angrenzendes Büro für meine Sekretärin und ein Telefon mit einem Summer und vier Anschlüssen. Das war Leben.

So brachte ich dann die nächsten beiden Wochen mit Tennisspielen zu und damit, Freunde aus New York zu besuchen, die sich in Kalifornien niedergelassen hatten. Auch hatte ich Konferenzen mit Robert Evans, dem Produktionschef von Paramount Pictures, und Peter Bart, seiner rechten Hand.

Ich hatte einmal in „Life" einen Artikel über Evans gelesen, einen schrecklichen Verriß. Daher war ich überrascht, wie umgänglich und natürlich er sich gab. Er gefiel mir vom ersten Augenblick an. Zu fünft hatten wir eine Konferenz in seinem Büro. Er mußte ein Privatgespräch entgegennehmen und trat zu diesem Zweck in eine kleine Kabine. Louis B. Mayer hätte uns vier aufgefordert, uns in die kleine Kabine zu zwängen und die Tür zu schließen, damit wir nicht zuhören konnten, wenn er das Gespräch an seinem Schreibtisch führte.

Evans war unprätentiös und sagte gewöhnlich – oder schien zu sagen –, was er meinte. Er sagte es, wie Kinder Wahrheiten erzählen, mit einer sonderbaren Unschuld, die der härtesten

Kritik oder Ablehnung jede Schärfe nahm. Er war immer höflich, jedenfalls zu mir. Wenn dies wie ein allzu schmeichelhaftes Porträt eines Filmstudio-Bosses wirkt, so möchte ich hinzufügen, daß er mit dem Anbieten seiner Kuba-Zigarren derart geizig war, daß ich mich in sein Büro schleichen mußte, wenn er nicht da war, um mir ein paar zu nehmen.

Evans war jedem Argument gegenüber zugänglich und konnte häufig umgestimmt werden. Natürlich war er charmant, aber in der Filmbranche ist jedermann charmant, ja, jeder in Kalifornien ist charmant. Mit einer Ausnahme: Peter Bart, der über eine kalte Intelligenz verfügt und der uncharmanteste Mensch im Filmgeschäft ist, den ich kenne. Auch er sagte nicht viel. Der Grund dafür war (was ich damals noch nicht wußte), daß er alle Probleme gern selbst überdachte, ehe er eine Meinung äußerte, und er hatte sich den kalifornischen Trick noch nicht zu eigen gemacht, auch beim Nachdenken charmant zu sein.

Die erste Konferenz verlief glatt. Anwesend waren Evans, Al Ruddy, Peter Bart, Jack Ballard und ich. Ballard hat einen Kopf wie Yul Brynner und überwacht die Produktionskosten der Filme. Er drängte sich nicht in den Vordergrund, doch Produzenten und Regisseure bekamen das große Zittern, wenn er ihre Budgets unter die Lupe nahm. Evans präsidierte. Es war eine allgemeine Unterhaltung mit einigen anfeuernden Reden, die für mich bestimmt waren. Dies sollte *der* große Film für Paramount werden. Er mußte einschlagen. Dieser Film würde Paramount „retten". Ich höre so etwas gern; es gibt mir das Gefühl der Wichtigkeit, und ich arbeite dann mit verdoppeltem Eifer. (Ich wollte Paramount wirklich „retten", aber ich kam zu spät: die „Love Story" hat es bereits getan.) Dann sprachen wir über die Besetzung. Ich schlug Marlon Brando für die Rolle des Paten vor. Sie waren sehr nett zu mir, doch hatte ich den Eindruck, daß meine Aktien um 50 Prozent gefallen waren.

Al Ruddy schlug Robert Redford für die Rolle des Michael vor, und nun fielen seine Aktien um 50 Prozent, mochte er auch

DER PATE DON VITO CORLEONE (MARLON BRANDO).

DER PATE UND SEINE SÖHNE SONNY (JAMES CAAN), MICHAEL
DEM PARAMOUNT-FILM „DER PATE“.

(AL PACINO) UND FREDO (JOHN CAZALE). ALLE BILDER STAMMEN AUS

SONNY VERPRÜGELT SEINEN SCHWAGER CARLO RIZZI (GIANNI RUSSON).

DER PATE EMPFÄNGT DEN HANDKUSS SEINER „FAMILIE“.

DIE MAFIOSI TAGEN: FREUNDE UND FEINDE.

ATTENTAT AUF DEN PATEN.

MICHAELS BEWÄHRUNGSPROBE.

DIE MAFIA STRAFT VERRÄTER.

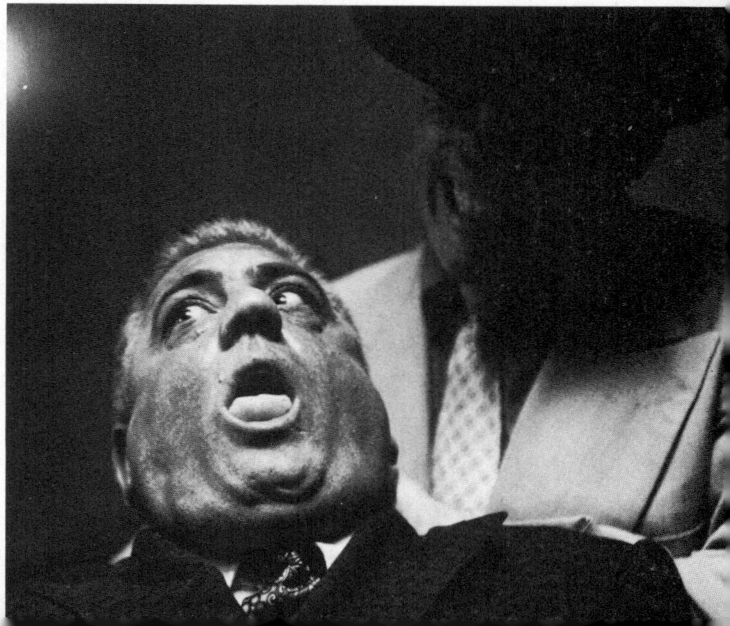

MICHAEL IN SIZILIEN MIT APOLLONIA (SIMONETTA STEFANELLI).

MICHAEL UND APOLLONIA.

HOCHZEIT AUF SIZILIANISCH: SELBST BEI DER TRAUUNG IN DER

KIRCHE DARF DER LEIBWÄCHTER MIT SEINEM GEWEHR NICHT FEHLEN.

DIE BELAGERTE FESTUNG: DAS HAUS DER CORLEONE.

DIE TOCHTER DES MAFIA-BOSSES HEIRATET (TALIA SHIRE).

SO WARNT DER PATE.

DON VITO CORLEONE MIT SEINEM SOHN MICHAEL.

DER NEUE PATE: MICHAEL EMPFÄNGT DIE EHRENBEZEUGUNG SEINER „FAMILIE“.

noch so ein netter Kerl sein. Ich meldete Bedenken an und war angenehm überrascht, als Evans und Bart mir beipflichteten. Es würde ein fairer Kampf werden, dachte ich.

Sie hatten keinen Regisseur. Ich mußte das Drehbuch schreiben, ehe ein Regisseur da war. Regisseure lesen gern ein Drehbuch, bevor sie unterschreiben. Nun, dafür war ich ja in Kalifornien. Ich versicherte ihnen, ich sei handwerklich einer der besten Leute auf diesem Gebiet. (Keine Angeberei: Das Handwerkliche ist meßbar, nur mit Kunst kann man nicht angeben.)

Dies alles trug sich im luxuriösen Hauptquartier der Paramount auf dem Canon Drive zu. Als Al Ruddy und ich wieder in seinem vergleichsweise bescheidenen Arbeitszimmer auf dem Paramount-Studiogelände waren, fühlten wir uns wie Soldaten, die an die Front zurückkehren.

„Machen Sie's so, wie es Ihnen richtig erscheint", sagte Ruddy. „Sie sind der Autor. Aber tun Sie mir einen Gefallen. Fangen Sie mit einer Liebesszene an. Zwischen Michael und Kay." Er wollte noch immer Redford haben.

„Al", sagte ich, während ich seinen Whisky trank und seine Zigarren rauchte. „Sie können den ‚Paten' nicht mit einer Liebesszene anfangen lassen. Das geht einfach nicht."

Er lachte. „Hören Sie", sagte er, „versuchen Sie's zumindest. Rausstreichen können wir es immer noch."

„Okay", sagte ich. Ich ging wieder nach oben und las den Vertrag durch, und richtig: da stand, daß der Produzent dem Autor vorschreiben kann, wie er das Drehbuch zu schreiben hat. Ich mußte den Film mit einer jugendlichen Liebesszene beginnen lassen, also schrieb ich sie, und sie war miserabel. Ich zeigte sie Al, und der war begeistert.

Das machte mich glücklich. Wer meine Arbeit liebt, den liebe ich auch. Trotzdem wußte ich, daß er irrte. Die folgenden drei Tage brachte ich mit Tennisspielen zu. Ich spielte die ganzen folgenden zwei Wochen Tennis. Dann beschloß ich, für ein paar Wochen nach Hause zu fahren. Ich vermißte meine Frau und die

Kinder. Außerdem war es April, und der Frühling ist in New York die schönste Jahreszeit.

Ruddy nahm die Entscheidung wie ein Gentleman auf. Er zahlte mir sogar die wöchentlichen fünfhundert Dollar Spesen, während ich daheim war. Ich blieb ein paar Wochen zu Hause und arbeitete ein wenig und flog dann wieder nach Kalifornien – mit einem Zwischenaufenthalt in Las Vegas, wo ich alles verspielte, was ich von meinem Spesengeld gespart hatte.

Von April bis August führte ich ein ideales Leben: Kalifornien, Tennis und Sonne – bis ich Heimweh bekam; dann wieder nach Hause, bis mir das Familienleben an die Nerven ging; und wieder zurück nach Kalifornien. Niemand wußte, wo ich wann war. Alle Menschen, die ich in Kalifornien kennenlernte, taten ihr Bestes, charmant zu mir zu sein. Ich stand im Mittelpunkt jeder Gesellschaft. Die Arbeit machte keine allzu großen Fortschritte, doch schien das niemanden zu bekümmern.

Nun war ich zwar ein Einsiedler, der nach zwanzig Jahren seiner Klause entfloh, aber das bedeutete nicht, daß ich ein grüner Junge war. Doch besitzen die Filmleute wirklich Charme, auch wenn dieser Charme bisweilen nicht ganz altruistisch sein mag. Eine der größten Überraschungen für mich war, wie verständnisvoll Schauspielerinnen und Schauspieler sind. Autoren, Regisseure und Produzenten sehen auf Schauspieler immer herab. Stars werden als Dummköpfe angesehen. Schauspielerinnen müssen, im persönlichen wie im beruflichen Leben, manipuliert werden. Angeblich verfügen sie weder über Intelligenz, noch über Einfühlungsvermögen.

Ich stellte fest, daß oft das Gegenteil zutraf. Ich fand viele sehr intelligent, ausgeglichen, feinfühlig und scheu. Zu Beginn ihrer Karriere und danach werden sie von Produzenten, Studios, Agenten und Geschäftemachern übel ausgenutzt. Sie erdulden die schmählichsten Erniedrigungen, um eine Chance zu bekommen. Wenn man gesehen hat, was sie zu Beginn ihrer Karriere durchmachen müssen, und wenn man die langen Jahre des Wartens bedenkt, dann fällt es einem leicht, ihre Exzesse zu entschuldigen, wenn sie berühmt geworden sind.

Von April bis August 1970 pendelte ich zwischen New York und Los Angeles hin und her, arbeitete am Drehbuch, spielte Tennis und steckte die Nase ins gesellschaftliche Leben Hollywoods. Alles sehr angenehm. Die Zeit, bevor der Autor das Drehbuch abgibt, ist eine Art Hochzeitsreise. Liebe, wohin man blickt.

Ich beobachtete gerne die hübschen Mädchen, wie sie ihre Runden drehten, von einem Produzentenbüro zum anderen, um für eine Rolle vorzusprechen. Jedes Studio hat einen Trupp von Produzenten, die auf dem Gelände Büros mieten, während sie die Produktion vorbereiten. Neunundneunzig Prozent dieser Filme werden nie gedreht, doch die Produzenten lassen Schauspieler vorsprechen und Rollen proben und Drehbücher lesen und diskutieren lange darüber, wie die Rollen anzulegen seien. Vor den Studios warten weitere zehntausend Hoffnungsvolle, die Drehbücher geschrieben haben oder drei Behälter mit Filmmaterial anschleppen, um ihren eigenen unabhängigen Film zu drehen. Auch sie interviewen und inspizieren die Million schönster Frauen und Männer Amerikas, die nach Los Angeles strömen, um beim Film Karriere zu machen. Alles das und der nie enden wollende Frühling Kaliforniens schufen jene Atmosphäre, die mich von allem Anfang an faszinierte.

Manchmal sah ich einen Film in einem privaten Vorführraum, was kein reines Vergnügen war. Während der Film lief, führten die Zuschauer Telefongespräche, übernahmen Nachrichten, machten Witze, plauderten. Wenn ich ins Kino gehe, möchte ich zusehen, oder ich gehe einfach heraus.

Abends schaute ich in Al Ruddys Büro herein und trank ein Glas mit ihm und seinem Produktionsstab. Al war amüsant, ein großer Geschichtenerzähler, und auch seine Mitarbeiter waren nette Leute. Diese Abende gehörten zu den schönsten Stunden des Tages. Ruddy war gerade beim Cutten seines Films „Little Fauss und Big Halsey“ mit Robert Redford und Michael Pollard, und dauernd erzählte er uns, wie überragend der Film sei und wie viele Oscars er gewinnen werde. Andere, die den Rohschnitt gesehen hatten, waren derselben Meinung. Ich wollte ihn unbedingt sehen, und Ruddy sagte, er werde mir bei nächster Gelegenheit einen Ausschnitt davon zeigen.

Das tat er denn auch, am folgenden Tag. Ich bekam eine Zehn-Minuten-Sequenz zu sehen und war begeistert. Mein New Yorker Freund, George Mandel, der im Auftrag von „Life“ einen Artikel über mich schreiben sollte, war anderer Ansicht. Er legte seine Gründe dar, und weil ich ihn für den klügsten Kopf der Welt halte, hörte ich zu. Doch der Ausschnitt gefiel mir noch immer. Zu den schwersten Dingen der Welt gehört es, auf den klügsten Kopf der Welt zu hören.

Als „Little Fauss und Big Halsey“ herauskam, war es ein Reinfall. Es erwies sich, daß alles, was George Mandel über den Zehn-Minuten-Ausschnitt gesagt hatte, auf den ganzen Film zutraf. Als ich das komplette Werk sah, merkte ich es auch, wahrscheinlich muß man aber der klügste Kopf der Welt sein, um es schon an einem kleinen Ausschnitt feststellen zu können.

Mittlerweile war ich entschlossen, Paramount ein großartiges Drehbuch zu liefern und einen großartigen Film zu machen. Ich begann possessiv zu werden, der Film wurde zu *meinem* Film. Natürlich kannte ich meinen Platz in der Rangliste (ich nahm die achte Stelle ein), aber ich war so aufgedreht, daß ich ihnen sagte, das erste sei nur ein grober Entwurf und zähle nicht – was bedeutete, daß ich mich gratis für eine Neufassung im Wert von etwa fünfundzwanzig Mille verpflichtete. Ich wollte Eindruck bei ihnen schinden und ihnen zeigen, daß ich ehrlich schuftete. Was ich nicht wußte, war, daß, sobald ich gesagt hatte, die erste Fassung sei gratis, niemand das Manuskript lesen würde.

Dann geschahen zwei Dinge, die mich davon abhielten, sie weiterhin mit solchen Sentimentalitäten in Verlegenheiten zu bringen.

Eines Abends kam ich in Ruddys Büro, als er gerade telefonierte. Während er sprach, schrieb er ein Drehbuch um, das er für ein anderes Studio produzierte. Fasziniert sah ich zu. Ich habe immer schon Menschen bewundert, die zwei Dinge gleichzeitig tun können. Seine abschließenden Worte am Telefon lauteten: „Ich glaube, das Buch hab ich jetzt zurechtgebogen."

Die Schilderung dieser Episode verfolgt nicht den Zweck, Schriftsteller wütend zu machen. Auch soll sie keinen Produzenten herabwürdigen. Aber meine Perspektive wurde wieder zurechtgerückt. Die nächsten fünf Tage spielte ich Tennis und ließ das Drehbuch links liegen. Es war doch nicht *mein* Film.

Ich sollte wohl erklären, weshalb diese Begebenheit mich als Autor nicht in Wut versetzte. Man liest häufig, wie ein Star seinen Text umschreibt, wie ein Regisseur ein Drehbuch „bearbeitet" oder ein Produzent ihm den „letzten Schliff" verleiht. Dennoch ist es, wenn man einmal begriffen hat, wie das Ganze funktioniert, einfach unmöglich, wütend zu werden. Ein Beispiel:

Im Zweiten Weltkrieg war ich der britischen Armee angegliedert, und einmal stießen wir in einer norddeutschen Stadt auf Einheiten des russischen Heeres. Diese russische Division, die aus irgendeiner wilden asiatischen Provinz stammte, hatte noch nie moderne Installationen gesehen. Die Soldaten waren davon fasziniert, daß Wasser aus einem Messinghahn herauskam. Ein russischer Offizier mit Pelzmütze riß den Hahn aus der Wand und nagelte ihn an einen Zaunpfosten. Er war sehr erstaunt, als er den Hahn aufdrehte und kein Wasser kerauskam. Das Konzept der Wasserleitung war ihm nie klargemacht worden. Man kann darüber lachen, aber es war keine angeborene Dummheit – es war einfach Naivität.

Wenn ein Regisseur oder ein Star oder ein Produzent einen Kugelschreiber zur Hand nimmt, so geschieht, glaube ich, das gleiche. (Natürlich gibt es Ausnahmen.) Sie sind der Überzeugung, die Worte kämen aus dem Stift. Und wieder ist es nicht Dummheit, sondern Naivität. Sie haben keine Vorstellung, wie das Schreiben eigentlich funktioniert. Deshalb sollten Schriftsteller nicht zornig werden: Sie sollten nur dem Filmgeschäft schleunigst den Rücken kehren.

Das Zweite, was mich aus der Fassung brachte, hing mit Peter Bart zusammen. Für einen Sommermonat hatte ich in Malibu ein Haus gemietet und meine Familie aus New York geholt. Nachdem ich ungefähr vier Monate gebummelt hatte, steckte ich jetzt tief in der Arbeit. Meine Sekretärin tippte, und ich hatte das Drehbuch beim Wickel – hielt es regelrecht am Schopf. Aber ich hatte den Termin für meine erste Fassung überschritten. (Hätte ich ihnen nicht eine erste kostenlose Fassung vorgelegt, wäre alles in schönster Ordnung gewesen.) Aber Bart wußte, daß ich gegammelt hatte, und legte mir Daumenschrauben an. Ich sagte: O. K., Ende der Woche. Natürlich war ich Ende der Woche nicht fertig. Er blieb hart und unerbittlich. Mir fehlte nur noch der Schluß, den ich neu schreiben und überarbeiten und mit der nötigen Politur versehen wollte. Und schließlich war es ja auch nicht so, daß Bart oder jemand sonst unfreundlich geworden wäre; nein, sie waren unverändert höflich, unverändert nett; es war nur so, daß ich mir plötzlich sagte: Was geht denn der ganze Rummel eigentlich *mich* an? Es ist doch nicht *mein* Film!

Also wies ich meine Sekretärin an, einfach das ins Reine zu tippen, was ich bereits geschrieben hatte. Den letzten Abschnitt überarbeitete ich gar nicht erst. Dann zog ich meine Badehose an, und zum ersten Mal, seit ich das Haus am schönen Strand von Balibu gemietet hatte, stürzte ich mich in den Ozean.

Und das war genau verkehrt. Statt einzuschnappen, hätte ich sie einfach warten lassen sollen. Ich hätte mich wie ein Erwachsener benehmen müssen. Außerdem war es verkehrt, weil ich es hasse, im offenen Meer zu schwimmen.

Sie hatten das Drehbuch, und allen gefiel es. Dem Vertrag zufolge mußte ich natürlich eine Überarbeitung liefern. Und sie mußten einen Regisseur finden. Das war im August 1970.

In den folgenden Monaten, während sie nach einem Regisseur Ausschau hielten, hatte ich einige Abenteuer. Der interessanteste Zwischenfall hing mit Frank Sinatra zusammen. Ich habe Sinatra immer verehrt, war der Ansicht, er sei ein großer Künstler (als Sänger, nicht als Schauspieler) und habe in seinem Leben viel Mut bewiesen. Ich bewunderte seinen Sinn für Familienverantwortung, besonders weil er Norditaliener war, was für einen Süditaliener ebenso fremd ist, als wenn einer Engländer wäre.

Viele vermuteten, ich hätte bei der Gestalt des Sängers Johnny Fontane im „Paten" Frank Sinatra vor Augen gehabt. Bevor das Buch erschien, bekam mein Verleger einen Brief von Sinatras Rechtsanwalt mit der Forderung, das Manuskript lesen zu wollen. Wir lehnten mit höflichen Worten ab. Beim Film hingegen war es etwas anderes. In den ersten Konferenzen zeigten sich die Anwälte von Paramount besorgt, bis ich ihnen versicherte, die Rolle sei im Film völlig untergeordnet. Was sie dann schließlich auch war.

Im Roman ist Fontane eine sympathische Figur; ich meinte, die kindliche Unschuld großer Stars eingefangen zu haben, ihre Bestürzung über die Korruption, die ihre Lebensart ihnen und den sie umgebenden Menschen aufzwingt. Doch es war mir klar, daß Sinatra, wenn er glaubte, er sei mit der Figur gemeint, nicht sehr begeistert sein würde – weder über die Figur, noch über den Roman, noch über den Autor.

Selbstverständlich wollten einige uns zusammenbringen. Eines abends bei Elaine's in New York saß Sinatra an der Bar, ich saß an einem Tisch. Elaine fragte, ob ich etwas dagegen hätte, Sinatra kennenzulernen. Ich sagte, wenn's ihm recht wäre, wär's mir auch recht. Sinatra war es nicht recht. Nun, ich machte mir weiters keine Gedanken darüber.

Ein Jahr später arbeitete ich in Hollywood am Drehbuch für den Film. Ich ging abends kaum noch aus, doch einmal wurde ich zur Geburtstagsfeier eines Freundes meines Produzenten in ein Restaurant eingeladen. Eine Party für zwölf, veranstaltet von einem berühmten Millionär. Nur ein zwangloses Essen. In den vergangenen Monaten war jedermann so liebenswürdig zu mir gewesen, daß ich einiges von meiner Zurückhaltung abgelegt hatte. Ich ging hin.

Der Millionär entpuppte sich als einer jener älteren Herren, die sich gerne sehr jugendlich geben. Er trug eine rote Hose und zeigte die gewisse Fünf-Martini-Leutseligkeit, die ich auf den Tod nicht ausstehen kann. Als wir an der Bar etwas tranken, sagte er, Sinatra sitze an einem anderen Tisch: ob ich ihn nicht kennenlernen wolle? Ich sagte, nein. Ein Begleiter des Millionärs, seine rechte Hand, wollte es dennoch versuchen. Wieder sagte ich nein. Schließlich setzten wir uns zu Tisch.

Während des Essens gab es ein *tableau* von John Wayne und Frank Sinatra, die sich auf einem von ihren jeweiligen Tischen gleichweit entfernten Punkt trafen, um einander zu begrüßen. Beide sahen einfach umwerfend aus, besser als auf der Leinwand, zwanzig Jahre jünger, als sie in Wirklichkeit waren. Und beide makellos gekleidet, besonders Sinatra. Es war wie das Zusammentreffen zweier gekrönter Häupter bei einem Staatsempfang.

Das Essen brachte mich in die Wirklichkeit zurück: es war miserabel. In jeder kleinen italienischen Pizzeria in New York hätte ich besser essen können. Ich war froh, als alles vorüber war.

Auf dem Weg nach draußen nahm mich der Millionär bei der Hand und steuerte auf einen der Tische zu. Sein Begleiter hielt meine andere Hand. „Sie müssen Frankie kennenlernen", sagte der Millionär. „Er ist ein guter Freund von mir."

Fast waren wir am Tisch. Ich hätte mich immer noch losmachen und weggehen können, doch wäre das ein allzu deutlicher Affront gewesen. Es war einfacher zu folgen. Der Millionär übernahm die Vorstellung. Sinatra blickte nicht von seinem Teller auf.

„Ich möchte, daß Sie einen lieben Freund von mir, Mario Puzo, kennenlernen", sagte der Millionär.

„Glaub' ich nicht", sagte Sinatra.

Damit war der Fall für ihn erledigt. Aber der arme Millionär verstand nicht. Er fing wieder an.

„Ich möchte ihn nicht kennenlernen“, sagte Sinatra.

Unterdessen versuchte ich, mich aus dem Staub zu machen. Der Millionär brachte stammelnd Entschuldigungen vor – nicht an mich gewendet, sondern an Sinatra. Er war den Tränen nahe. „Frank, es tut mir so schrecklich leid, mein Gott, Frank, das konnte ich doch nicht wissen . . .“

Aber Sinatra fuhr ihm ins Wort. Seine Stimme war nun weich und samtig, wie in den Liebesliedern, die er gesungen hatte, als ich das erstemal verliebt war. Er tröstete den zerknirschten Millionär. „Ist doch nicht *Ihre* Schuld“, sagte Sinatra.

Auseinandersetzungen kann ich auf den Tod nicht leiden, und selten im Leben hat mich etwas derart angewidert, aber ich sagte zu Sinatra: „Hören Sie, die Idee stammt nicht von mir.“

Und dann geschah das Erstaunlichste. Er verstand mich völlig falsch. Er glaubte, ich entschuldigte mich für die Darstellung des Johnny Fontane in meinem Buch.

Er sagte, und seine Stimme klang fast freundlich: „Wer hat Ihnen gesagt, das ins Buch reinzubringen – Ihr Verleger?“

Ich war vollkommen verdutzt. In meinen Büchern darf ein Verleger nicht einmal ein Komma ändern; das ist der einzige Punkt, wo ich Charakter zeige. Schließlich sagte ich: „Ich meine die Idee, Ihnen vorgestellt zu werden.“

Die Zeit hat ihren gnädigen Schleier über die Szene bereitet, die darauf folgte. Sinatra geriet außer sich. Ich erinnere mich, daß er, entgegen seinem Ruf, keine Schmähworte verwendete. Die schlimmste Bezeichnung, mit der er mich bedachte, war „Zuhälter“, was mir eher schmeichelte, da ich keine einzige Freundin je dazu hatte bringen können, mir ein paar Socken zu kaufen, geschweige denn, für mich auf die Straße zu gehen. Ich erinnere mich, daß er sagte, wenn ich nicht so viel älter wäre als er, würde er mich fertigmachen. Ich war noch ein Kind, als er schon bei Paramount sang, aber gut, er sah wirklich zwanzig Jahre jünger aus. Was mich jedoch schmerzte, war, daß er als Norditaliener mir, dem Süditaliener, mit körperlicher Gewalttätigkeit drohte. Dies war ungefähr so, als würde Einstein gegen Al Capone das Messer zücken. Es gehörte sich einfach nicht. Norditaliener lassen sich nun mal nicht mit Süditalienern ein, es sei denn, um sie hinter Gitter zu bringen oder auf irgendeine verlassene Insel zu deportieren.

Sinatra schimpfte weiter wie ein Rohrspatz, und ich starrte ihn weiterhin an. Er blickte weiter auf seinen Teller. Schreiend. Er sah nicht auf. Schließlich drehte ich mich um und verließ das Lokal. Er schrie mir nach: „Verrecke. Geh los und verrecke." Seine Stimme überschlug sich.

In der Presse und im Fernsehen erschienen verschiedene Versionen dieses Zwischenfalls – je nach der Information des Informanten. Um diese Zeit wurde mir klar, wie wichtig ein Public-Relations-Apparat ist. Sinatra hält sich dafür einen Kerl namens Jim Mahoney, und der muß gut sein, denn in jeder Story trat Sinatra als Held auf. Was mich zum Nachdenken veranlaßte. War alles, was ich an Sinatra bewundert hatte, vielleicht nur eine Schöpfung von Mahoney?

Es muß darauf hingewiesen werden, daß dieses Intermezzo nicht auf Sinatras Schuldkonto ging. Er saß beim Essen und wollte in Ruhe gelassen werden. Die Schuld lag zum Teil bei mir. Ich hätte mich davonmachen können, und ich frage mich bis heute, weshalb ich es nicht tat. Aber die Erniedrigung war gut für mich. Ich begann, mich tatsächlich für bedeutend zu halten. Auch hatte ich nun eine einleuchtende Entschuldigung dafür, daß ich keine Parties mehr besuchte. Vorher war das immer schwer zu erklären gewesen. Jetzt brauchte ich nur die Sinatra-Story zu erzählen, und ich war entschuldigt. Jeder verstand es.

Zwischenfälle dieser Art veranlassen einen Schriftsteller, sich schleunigst in das Refugium seines Arbeitszimmers zurückzuziehen. Denn es ist doch so: Schriftsteller werden Schriftsteller, um den Leiden und Erniedrigungen der wirklichen Welt und der wirklichen Menschen zu entgehen. Ich fing an, das Drehbuch neu zu schreiben, und spielte Tennis und las abends still in meiner

Suite. Wenn ich schon Eremit sein wollte, dann war das Beverly Hills Hotel eine wunderbare Klause.

Ich war deprimiert, weil ich glaubte, Sinatra hasse das Buch und sei der Meinung, ich hätte ihn in der Gestalt des Johnny Fontane persönlich angegriffen. Doch ein paar Wochen später, als Francis Coppola für die Regie des Films verpflichtet wurde, erlebte auch er eine Episode mit Sinatra. Eines Abends begegneten sie einander in einem Club in Los Angeles, und Sinatra legte Coppola den Arm um die Schulter und sagte: „Francis, für Sie würde ich den Paten spielen. Für diese Kerle bei Paramount tät' ich es nicht, aber für Sie würde ich es tun."

Diese Geschichte heilte meine Depression, doch Sinatras Geist war bei der Entstehung des Films trotz allem anwesend. Einige bekannte Sänger lehnten die Rolle ab, wobei einer bemerkte, er würde sie nicht mit der Feuerzange anfassen. Al Martino wollte die Rolle haben, aber aus irgendeinem Grunde wurde sie zuerst Vic Damone angeboten. Damone akzeptierte und lehnte dann ab. Vermutlich aus Loyalität gegenüber Sinatra und der italo-amerikanischen Liga. Später gab Vic Damone zu, daß dies eine vom großen Mahoney erfundene Entschuldigung war: in Wirklichkeit sei das Honorar zu gering gewesen. Schließlich bekam Al Martino die Rolle und spielte sie, meiner Meinung nach, genau richtig.

Eine weitere Sinatra-Coppola-Story soll folgendermaßen verlaufen sein: Sinatra rief Coppola an, und Coppola hörte zu und sagte nachdenklich: „Mir hat die Stelle nie gefallen, wo er sie ein Luder nennt." Dies bezog sich auf eine Stelle im Buch, wo Johnny Fontane seine zweite Frau beschimpft. Sie fand sich, auch vor dem Anruf, in keiner Version des Drehbuchs.

Ein paar berühmte Regisseure lehnten die Regie des „Paten" ab, da er ihr soziales Gewissen beleidige, weil er „die Mafia und die Kriminellen glorifiziere". Als man an Costas Gravas herantrat, den Regisseur von „Z", sagte der, er würde die Aufgabe liebend gern übernehmen, da das Buch eine Anklage gegen den amerikanischen Kapitalismus darstelle. Er lehne jedoch ab, weil es zu amerikanisch sei, und er, als Ausländer, das Gefühl habe, die Nuancen nicht genügend zu beherrschen.

Ich verstand die Reaktion Costas Gravas' und auch die der anderen. Mich interessierte nur noch eine einzige Meinung über meine Arbeit: meine eigene. Und ich war ein schärferer Kritiker als die meisten anderen, so daß meine Gefühle selten Schaden litten. Was ich nicht wußte, war, daß man zu dieser Zeit gerade erwog, den Film billig zu machen und vom Verkaufserfolg des Buches zu profitieren.

Endlich beschloß man doch, aufs Ganze zu gehen. Bart hatte eine Kritik über meine erste Filmfassung geschrieben, an der eine Menge dran war und die seinen Mangel an kalifornischem Charme wettmachte. Ich stellte fest, daß ich meist unumwundene Antworten bekam, wenn ich ihm Fragen stellte. Was natürlich nicht so tröstlich ist wie Charme, doch entschieden nützlicher. Bart war es auch, der den Vorschlag machte, Francis Coppola die Regie zu übertragen. Hauptsächlich weil er Italiener war und jung. Stanley Jaffee, der Präsident von Paramount Pictures, stimmte zu, ebenso Bob Evans und Ruddy. Wieder stellte sich mein zynischer Geist die Frage, ob sie Coppola auswählten, weil er Anfang der Dreißig war und gerade zwei finanzielle Pleiten hinter sich hatte und deshalb an der Leine gehalten werden konnte. Zu dieser Zeit hoffte man, den „Paten" für ein bis zwei Millionen drehen zu können. (Zum Schluß kostete der Film über sechs Millionen Dollar.)

Als Al Ruddy mir die Nachricht überbrachte, hatte ich Coppola noch nicht persönlich kennengelernt, war aber über seinen Ruf im Bilde. Man hielt ihn für einen äußerst fähigen Drehbuchautor, und gegen Ende des Jahres gewann er einen Oscar für seine Mitarbeit am Drehbuch zu „Patton".

„Eins müssen Sie wissen", sagte Ruddy zu mir. „Francis und ich haben nicht die Absicht, Ihr Drehbuch neu zu schreiben. Francis will nur Regie führen, und alle sind mit Ihrer Arbeit vollauf zufrieden."

Da wußte ich sofort, daß er mitschreiben würde.

Und tatsächlich: er schrieb die erste Hälfte neu und ich die zweite. Dann tauschten wir und überarbeiteten uns gegenseitig. Ich schlug eine Zusammenarbeit vor. Francis sagte unverblümt nein. Es wurde mir klar, daß er wirklich ein Regisseur war.

Ich mochte ihn. Und er hat seine Hälfte am Drehbucherfolg redlich verdient. Ich war froh, daß sie ihm zuteil wurde. Ich konnte ihm alle miesen Dialogstellen und einige der miesen Szenen anhängen. Er war niemals mißgelaunt, wir kamen vorzüglich miteinander aus, und schließlich war das drehreife Buch da.

Der Spaß war zu Ende. Jetzt kamen die anderen ins Spiel: Stars, Agenten, Studiochefs und Vizepräsidenten, der Produzent, der Produktionsassistent, Komponisten und ein ganzes Heer von Mitläufern. Ich wußte jetzt, daß es nicht mein Film war.

Die große Frage: Wer sollte den Paten spielen? Ich erinnerte mich, was Brando mir gesagt hatte, und so hatte ich eines Nachmittags mit Francis Coppola eine kleine Unterredung. Er hörte aufmerksam zu und meinte, die Idee gefalle ihm. Ich warnte ihn, daß alle dagegen seien. Einige befürchteten, Brando könne Ärger machen, andere meinten, er bringe keine vollen Kassen, und so gab es tausend Gründe. Ich dachte mir, dieser Regisseur wird nach zwei Reinfällen nicht den nötigen Elan aufbringen.

Francis Coppola ist schwergewichtig, gutgelaunt und für gewöhnlich kreuzfidel. Was ich nicht wußte, war, daß er zäh sein konnte, wenn es um seine Arbeit ging. Jedenfalls kämpfte er um Brando und bekam ihn. Und Brando machte – dies nur nebenbei – nicht die mindesten Schwierigkeiten.

Die Rollenverteilung begann. Schauspieler kamen und sprachen mit Coppola und ließen ihre Künste spielen, um sich bei ihm ins rechte Licht zu setzen. Bei einigen Interviews war ich zugegen. Coppola war ruhig und höflich, für mich aber war es einfach peinlich. Ich ging. Ich konnte ihnen nicht mehr zusehen.

Sie waren so verletzbar, so offen, so nackt in ihrer Hoffnung, das Rennen zu machen. Hier wurde mir bewußt, daß man Schauspielern und Schauspielerinnen ihre Zügellosigkeit und Tyrannei als Stars nachsehen sollte. Man braucht es sich nicht gefallen zu lassen – man braucht es nur zu vergeben. Der eine Zwischenfall jedoch, der mich aus dem Besetzungsbüro verjagte, hing mit einem ziemlich nichtssagend netten Mädchen zusammen, das ins Büro kam und mit jedem plauderte und jedem erzählte, daß es eine Rolle ergattern wolle. Ich fragte sie, welche. Sie sagte: „Appolona."

Appolona ist ein junges sizilianisches Mädchen, das im Buch als Schönheit beschrieben wird. Ich fragte nun dieses nette Mädchen, weshalb sie glaube, für die Rolle geeignet zu sein. „Weil ich genau wie Appolona aussehe", gab sie zur Antwort. Da dämmerte mir, daß alle Schauspieler und Schauspielerinnen spinnen müssen.

Ein Beweis: Ich bekam einen Anruf von Sue Mengers, einer bekannten Agentin (was ich damals allerdings noch nicht wußte). Sie wollte mit mir essen gehen. Ich fragte, weshalb. Sie sagte, sie arbeite für Rod Steiger, und der hätte gern eine Rolle im „Paten". Ich sagte ihr, als Autor könne ich darüber nicht verfügen, sie solle doch mit dem Produzenten und dem Regisseur reden. Nein, sie wolle mit mir sprechen. O. K., sagte ich, mit dem Essen werde es nicht gehen, aber vielleicht per Telefon. O. K., sagte sie, Rod Steiger möchte den Michael spielen. Ich lachte. Sie wurde böse und meinte, sie habe nur den Wunsch ihres Klienten zum Ausdruck gebracht. Ich entschuldigte mich.

Steiger ist ein guter Schauspieler, gewiß. Aber, Herr im Himmel: wie kann er jemanden spielen, der unter vierzig ist? Und Michael darf höchstens fünfundzwanzig sein.

Schließlich zog alles nach New York. Coppola begann mit den Probeaufnahmen. Jetzt war das große Problem, jemanden zu finden, der den Michael spielen konnte, eigentlich die wichtigste Figur im Film. Einmal schien Jimmy Caan die Rolle in der Tasche zu haben. Er kam gut an. Aber auch als Sonny kam er gut an, als der andere Sohn des Paten, und als Hagen ebenfalls. Es war verteufelt: Er hätte sie alle drei spielen können. Und plötzlich sah es so aus, als bekäme er gar keine dieser Rollen.

Robert Duvall machte Probeaufnahmen für Hagen und war perfekt. Ein anderer Schauspieler war der richtige Sonny. Da blieb für Jimmy Caan nur noch der Michael, aber niemand war so recht glücklich dabei. Schließlich tauchte der Name Al Pacino auf. Er hatte in New York einen tollen Bühnenerfolg gehabt, doch niemand hatte ihn auf der Leinwand gesehen. Coppola besorgte sich eine Probeaufnahme von Pacino für irgendeinen italienischen Film und zeigte sie. Ich war hingerissen. Ich gab Francis einen Brief, in dem ich sagte, Pacino müsse unter allen Umständen in den Film. Er mochte ihn nach Belieben verwenden.

Doch es gab Einwände. Pacino war zu klein und sah zu italienisch aus. Er sollte der Amerikaner in der Familie sein. Er mußte ein bißchen mehr „Klasse" zeigen. Coppola sagte nur immer wieder, ein guter Schauspieler sei ein guter Schauspieler.

Pacino machte Probeaufnahmen. Die Kameras liefen. Er konnte seinen Text nicht. Er stolperte über seine eigenen Worte. Er verstand die Figur überhaupt nicht. Es war entsetzlich. Jimmy Caan hatte es zehnmal besser gemacht. Als es vorbei war, ging ich zu Coppola und sagte: „Geben Sie mir den Brief zurück."

„Was für einen Brief?"

„Den, in dem ich geschrieben habe, daß ich Pacino haben wollte."

Coppola schüttelte den Kopf. „Warten Sie noch." Dann sagte er: „Dieser selbstzerstörerische Hund. Hat nicht mal seinen Text gekonnt."

Sie probten mit Pacino den ganzen Tag. Sie übten mit ihm und paukten mit ihm und kehrten sein Innerstes nach außen. Alles wurde aufgenommen. Nach einem Monat Probeaufnahmen hatten sie alle auf Film. Es war Zeit, das Ganze im Vorführraum der Paramount im Gulf and Western Building zu zeigen.

Bis zu diesem Augenblick hatte ich mit dem Gedanken gespielt, ein Film-Mogul zu sein. Die Vorführung belehrte mich eines besseren und brachte mir echten Respekt vor den Leuten vom Fach bei. Evans, Ruddy, Coppola und andere saßen Stunde für Stunde, Tag für Tag im Vorführraum. Ich nahm nur an einigen Vorführungen teil, aber die reichten mir völlig.

Jedenfalls ist das, was im Vorführraum geschieht, höchst aufschlußreich. Ich war verblüfft gewesen, wie sich die Live-Szenen abgespielt hatten, doch im Film waren sie nicht so eindrucksvoll. Wir sahen Probeaufnahmen der Mädchen, die für die Rolle der Kay in Frage kamen. Ein Mädchen war darunter, auf das die Rolle nicht paßte – aber sie sprang einem direkt ins Gesicht. Alle diskutierten über sie, und Evans sagte: „Wir sollten etwas mit ihr machen – aber wir werden's wohl nie tun." Das arme Mädchen hat nie erfahren, wie nahe sie daran war, zu Ruhm und Reichtum zu gelangen. Niemand hatte im Augenblick Zeit für sie. Außer mir, aber ich war kein Mogul.

Ein paar Probeaufnahmen waren schrecklich. Ein paar Szenen waren schrecklich. Ein paar waren erstaunlich gut. In einer Szene zeigte Francis, wie Michael um Kay warb. Francis hatte sie so geschrieben, daß Michael an einer bestimmten Stelle Kay die Hand küßte. Ich erhob heftig Einspruch, und Francis nahm sie heraus. Aber in allen Probeaufnahmen küßte jeder Schauspieler Kay die Hand oder knabberte an ihren Fingern. Francis rief scherzend: „Mario, ich hab' ihnen das nicht befohlen. Wieso küssen die ihr alle die Hand?"

Ich wußte, daß er Spaß machte, aber ich war ernsthaft irritiert. „Weil sie Schauspieler sind und keine Gangster", sagte ich.

Meine Gereiztheit kam nicht von ungefähr. Mir war klargeworden, daß Coppola die Charaktere in seiner Überarbeitung abgeschwächt hatte.

Auf der Leinwand gefiel Pacino niemandem als Michael – ausgenommen Coppola. Und Coppola ließ sich nicht davon abbringen. Schließlich sagte Evans: „Francis, ich muß sagen, da sind Sie allein auf weiter Flur." Was ich für das netteste „nein" hielt, das ich je gehört hatte. Wir würden also weiterhin nach einem Michael Ausschau halten müssen.

Neue Probeaufnahmen wurden gemacht, von anderen Schauspielern. Kein Michael. Man sprach sogar davon, den Film zu verschieben. Coppola behauptete unverdrossen, Pacino sei für die Rolle der einzig Richtige. (Meinen Brief gab er mir nicht zurück.) Aber die Sache schien hoffnungslos. Bei einer Zusammenkunft mit Evans und Charles Bludhorn sagte ich eines Morgens, meiner Meinung nach könnten wir Jimmy Caan nehmen. Bludhorn, Chef von Gulf and Western, denen Paramount Pictures gehörte, hielt Charlie Bronson für den Richtigen. Niemand hörte auf ihn. Stanley Jaffee war es derart leid, die Probeaufnahmen von Unbekannten im Vorführraum mitansehen zu müssen, daß er aufsprang, als man ihn um seine Ansicht fragte, und sagte: „Wollt ihr die wirklich wissen? Ich glaube, ihr habt die übelsten Schmierenkomödianten erwischt, die's überhaupt gibt." Tagelang hatte er sich geduldig und schweigend all das angesehen, was er scheußlich fand, ohne ein Wort zu sagen, also nahm es ihm niemand übel.

Ich war erstaunt. Nichts, was ich über Hollywood gelesen hatte, war richtig gewesen. Niemand zwang seine Meinung dem anderen auf. Da rede noch einer von Demokratie. Langsam begann ich daran zu glauben, daß es *mein* Film war – mindestens ebensosehr wie der eines anderen.

Ich mußte eine Woche verreisen. Als ich zurückkam, hatte Al Pacino die Rolle des Michael, Jimmy Caan die des Sonny. Der Knabe, der die Rolle des Sonny gehabt hatte, war raus. Jack Ryan, der in den Probeaufnahmen für die wichtige Rolle des Carlo Rizzi besser abgeschnitten hatte als alle anderen, war raus. Obwohl man ihm vermutlich gesagt hatte, daß er die Rolle bekommen habe. Ryan war derart überragend in seinen Probeaufnahmen für die Rolle, daß ich etwas tat, was ich noch nie getan hatte: ich suchte ihn auf und sagte ihm, wie großartig er die Rolle gespielt habe. Er wurde durch einen gewissen Russo ersetzt, der in Las Vegas irgend etwas mit dem Rundfunk zu tun hatte. Ich kam nie dahinter, was geschehen war. Ich könnte mir denken, daß Coppola und die Paramount-Bosse einen Kuhhandel abgeschlossen haben.

Obwohl das Drehbuch fertig war, wurde ich immer noch für 500 Dollar die Woche als Berater geführt. Jetzt regte sich die italo-amerikanische Liga. Ruddy fragte mich, ob ich mich mit der Liga zusammensetzen wolle, um die Sache auszubügeln. Ich sagte ihm, das würde ich nicht tun. Er beschloß, es selber zu tun, und er tat es. Er versprach ihnen, alle Anspielungen auf die Mafia im Drehbuch zu streichen und die italienische Ehre zu wahren. Die Liga gelobte Zusammenarbeit bei der Herstellung des Films. Die „New York Times" brachte die Story auf der ersten Seite und veröffentlichte am folgenden Tag sogar einen entrüsteten Leitartikel darüber. Viele waren entsetzt. Ich muß sagen, Ruddy erwies sich als gerissener Unterhändler, denn das Wort „Mafia" kam im Drehbuch überhaupt nicht vor.

Um diese Zeit etwa gab ich meine Funktion als Berater auf; nicht wegen dieser Vorfälle, sondern einfach deshalb, weil ich das Gefühl hatte, im Wege zu sein. Auch war ich letzthin bei vielen Auseinandersetzungen auf seiten der Produzenten gewesen und nicht im Lager der Künstler. Das machte mich sehr nervös.

Die Dreharbeiten eines Films sind das Langweiligste auf der Welt. Ich sah zwei Tage zu: irgendwelche Typen kamen aus Häusern gerannt und sprangen in Autos, die kreischend davonrasten. Da gab ich's auf. Die Filmerei ging vergleichsweise reibungslos vonstatten, und ich hielt mich heraus. Es war nicht *mein* Film.

Sechs Monate später war der Film im Kasten, mit Ausnahme der sizilianischen Einstellungen, die zum Schluß gedreht werden sollten.

Wieder bekam ich Telefonanrufe. Evans wollte wissen, ob die

sizilianischen Einstellungen wirklich nötig seien. Ich wußte, daß er von mir ein „nein" hören wollte. Ich sagte, ja. Peter Bart rief an und fragte, ob die sizilianischen Einstellungen wirklich nötig seien. Ich sagte, ja. Dann rief ich Coppola an. Er pflichtete mir bei. Die Geldleute hielten die sizilianischen Einstellungen nicht für nötig: weshalb Geld in etwas hineinstecken, was man leicht herausschneiden kann?

Es ist Evans und Barts und Jaffees Verdienst, daß sie die sizilianischen Einstellungen trotzdem drehten. Sie schlugen sich auf meine Seite, obwohl sie wahrscheinlich unter dem Zwang standen, Kosten einzusparen. Und die sizilianischen Einstellungen machen den Film eigentlich erst zu dem, was er ist, glaube ich.

Nun endlich war der Film zum Schneiden und Vorführen fertig. Man stelle sich die vielen Kilometer Film als gewaltigen Marmorblock vor, aus dem der Regisseur eine Form herausmeißelt. Wenn er damit fertig ist, machen sich Produzent und Studiochef daran, die Gestalt herauszuholen. Dann sind die Produzenten und ihre Mitarbeiter an der Reihe.

Das Schneiden des Films war mir bisher stets als primär schriftstellerische Aufgabe erschienen. Es ähnelt dem letzten Überarbeiten eines literarischen Werkes. Deshalb wollte ich beim Schneiden dabeisein.

Ich sah zwei vorläufige Fassungen des Films und sagte, was ich dazu zu sagen hatte. Wieder war jedermann höflich und kooperativ. Mein Filmagent, Robby Lantz, sagte zu mir, ich würde genauso gut behandelt wie jeder neue Autor in Hollywood. Weshalb sei ich dann immer noch unzufrieden? Ganz einfach deshalb, weil es nicht mein Film war. Ich war nicht der Boss. Aber schließlich war's überhaupt nicht jemandes Film. Keiner hatte seine Vorstellungen verwirklichen können.

Ich glaube, es ist ein erfolgreicher Film, der sein Geld einspielen wird. Aber ich habe die endgültige Fassung nie gesehen, also kann ich es nicht wirklich beurteilen.

Ich hatte zur Vorführung ein paar Freunde mitbringen wollen, aber Al Ruddy sagte: „Nein, noch nicht." Ich fragte Peter Bart, und der sagte: „Nein, noch nicht." Ich fragte Bob Evans, und der sagte, ja, wenn der Film nicht gerade zu diesem oder jenem Zweck auseinandergeschnitten würde. Es war das zweitnetteste „nein", das ich je gehört hatte. Sie wollten einfach nicht, daß Fremde den Film sahen. Vielleicht durfte ich ihn auch deshalb nicht sehen, weil ich mit dem Schluß nicht einverstanden war, den sie verwendet hatten. Ich wollte noch dreißig Sekunden haben, wo Kay die Kerzen in der Kirche anzündet, um Michaels Seele zu retten, aber damit stand ich allein da. Also sagte ich, zum Teufel mit dem Kram: wenn meine Freunde ihn nicht sehen dürfen, will ich ihn auch nicht sehen. Eine Kinderei. Nur weil ich mich immer noch nicht mit einer Grundtatsache abgefunden hatte. Es war nicht *mein* Film.

Ich wünschte, das Drehbuch wäre halb so gut wie die Darsteller, auch wenn es zur Hälfte von mir ist.

Die Kritiker mögen den Film in Grund und Boden verreißen, aber ich kann mir nicht denken, daß sie an den Darstellern etwas auszusetzen haben. Brando ist sehr gut. Robert Duvall ebenfalls. Und Richard Castellano. Ja, ich glaube, alle drei haben Aussichten auf den Oscar. Sie sind ausgezeichnet. Aber der größte Gewinn war Al Pacino.

Al Pacino als Michael auf der Leinwand war genauso, wie ich mir diese Figur vorgestellt hatte. Ich traute meinen Augen kaum. Für mich war es eine perfekte Darstellung, ein Kunstwerk. Ich war so glücklich, daß ich überall umherlief und zugab, mich geirrt zu haben. Bis Al Ruddy mich beiseite nahm und mir einen freundschaftlichen Rat gab. „Hören Sie mal", sagte er, „wenn Sie nicht jedem erzählen, wie sehr Sie sich geirrt haben, wird es keiner auch nur ahnen. Wie wollen Sie es auf diese Weise jemals zu etwas bringen?"

Während dieser Zeit erschienen Interviews und Stories in den verschiedensten Zeitungen. Immer gab es Ärger. Ruddy gab einer Zeitung in Jersey ein Interview, das an einer Stelle so klang, als hätte er persönlich etwas gegen mich. Francis Coppola gab der Zeitschrift „New York" ein Interview, in dem er mich und mein Buch heruntermachte. Dies kümmerte mich nicht weiter, weil ich den Laden kannte und wußte, daß Zeitungen manchmal etwas verdrehen, um eine gute Story daraus zu machen. Mir war es also egal, und das war gut so. Denn als sie mich für ein Telephoninterview zu fassen kriegten, klang auch mein Interview so, als mache ich Ruddy und Coppola herunter, was ganz und gar nicht meine Absicht gewesen war. Und als er erfuhr, daß ich an „Die Welt des Paten" arbeitete, brachte „Variety" eine Story, in der stand, ich schriebe dieses Buch aus Rache, weil ich mit Paramount nicht allzu glücklich sei. Was nicht stimmte. Jedenfalls lese ich diese Artikel niemals, außer sie werden mir aufgedrängt. Aber natürlich mußten diese Zeitungsnotizen einigen der Paramount-Bosse ungelegen kommen.

Eins steht fest: wenn ein Romanautor nach Hollywood geht, um an seinem Buch zu arbeiten, dann muß er sich mit der Tatsache abfinden, daß der Film nicht *sein* Film ist. So ist das nun einmal. Und fest steht, daß ich, wenn ich bei der Entstehung des Films das letzte Wort gehabt hätte, ihn ruiniert hätte. Einen Film zu inszenieren erfordert eigenes handwerkliches Können, ebenso wie das Schauspielern. Es ist eine Kunst oder ein Handwerk für sich. Und obwohl es einfach ist, sich über Studioleiter lustig zu machen – sie, die jahraus, jahrein Kilometer von Film studieren, müssen schon etwas von ihrem Fach verstehen.

Ein Interview jedoch hat mich ziemlich deprimiert. Francis Coppola erklärte, er inszeniere den „Paten", um das Kapital für Filme zusammenzubekommen, die ihm am Herzen lägen. Ich fand es bedrückend, daß er dies mit zweiunddreißig Jahren sagte, während ich fünfundvierzig Jahre alt werden mußte, um mir klar darüber zu werden, daß ich den „Paten" schreiben mußte, um die anderen Bücher schreiben zu können, die mir am Herzen lagen.

Mir ging's gut. Ich überarbeitete mich nicht (das Schreiben eines

Drehbuchs ist nicht so schwer wie das Schreiben eines Romans). Mein Gesundheitszustand besserte sich, weil ich an die Sonne kam und Tennis spielte. Das Leben machte Spaß. Es gab ein paar traumatische Erfahrungen, die aber alle für einen Roman verwertet werden konnten und also akzeptabel und sogar erwünscht waren.

Es ist oft genug behauptet worden, die Leute in Hollywood seien halbseiden und verrückt – so oft, daß ich fast verlegen eingestehen muß, sie anders kennengelernt zu haben. Die Filmleute sind nicht verrückter als Schriftsteller oder Geschäftsleute. Sie sind impulsiv, gehen mehr aus sich heraus, leben intensiver – was sie bisweilen schwer zu ertragen macht. Aber ich habe viele nette Erfahrungen mit ihnen gehabt. Ich erinnere mich, wie auf einer Party Edward G. Robinson und Jimmy Durante sich in die Arme fielen. Ich weiß nicht einmal, ob es spontan geschah, doch taten sie's mit überschwenglicher Freude. Beide sind jetzt alte Herren, aber sie verfügten über weit mehr Vitalität und Präsenz als alle anderen Anwesenden. Ich hatte beide als Kind vergöttert. Ich unterhielt mich gerade mit einem jungen, sehr gutaussehenden Agenten. Als der junge Mann sagte, er sei Agent, musterte Edward G. Robinson ihn von oben bis unten. Sein Gesicht zeigte Überraschung, Abscheu, Verachtung, Unglauben – und milderte sich endlich zu Gelassenheit, zu der Erkenntnis, daß dies trotz allem ein Mensch sei. Dann hob Robinson seinen Zeigefinger und sagte zu dem jungen Mann: „Lieben Sie Ihre Klienten! Hören Sie? *Lieben* Sie Ihre Klienten!"

Häufig versuchten natürlich Leute, aus meiner Person für sich Kapital zu schlagen.

Eines Tages kam ein junges Mädchen in mein Büro bei Paramount. Sie war sehr hübsch, sehr aufgeweckt, ein bezauberndes Wesen von etwa sechzehn Jahren. Sie erzählte mir, sie heiße Mary Puzo und sei zu mir gekommen, um eine eventuelle Verwandtschaft festzustellen. Besonders, weil wir beide uns mit nur einem „Z" schrieben, was in der Tat ungewöhnlich ist.

Nun, ich mochte zwar die letzten zwanzig Jahre als Einsiedler zugebracht haben, doch inzwischen hatte ich vier Monate Hollywood auf dem Buckel. Sie sah nicht einmal italienisch aus. Ich sagte es ihr. Sie förderte ihren Führerschein zutage. Tatsächlich: Mary Puzo. Ich war so entzückt, daß ich meine Mutter in New York anrief. Wir verglichen Daten und Zahlen, erzählten, aus welcher Stadt die verschiedenen Eltern und Anverwandten kamen, und waren enttäuscht, keine Blutsverwandtschaft feststellen zu können. Aber das Mädchen war so reizend, daß ich ihr ein signiertes Exemplar des „Paten" zum Abschied schenkte.

Zwei Stunden später entdeckte ich sie zu meiner Überraschung immer noch auf dem Gelände. Wir plauderten miteinander. Offenherzig erzählte sie, daß sie im Besetzungsbüro gewesen sei, um sich eintragen zu lassen. „Nebenbei bemerkt", fügte sie hinzu, „ich habe gesagt, ich wäre Ihre Nichte. Ist das okay?"

Ich lächelte und sagte, aber sicher.

Sie war erst sechzehn, und sie hatte keine Ahnung, daß sie sich auf der falschen Fährte befand. Daß sie sich als Ruddys oder Coppolas oder Brandos oder Evans' oder Barts Nichte hätte ausgeben müssen. Sie wußte nicht, daß ich in der Rangordnung an achter Stelle stand.

Eine weitere amüsante Geschichte – zumindest für mich. Während wir den Film drehten, gab Bob Evans ein Interview, in dem er die Meinung vertrat, daß die „Autoren-Theorie" nicht unbedingt zu seinen Glaubenssätzen gehöre. Ja er sei der Ansicht, daß ein Film möglicherweise erfolgreicher sein könne, wenn der Regisseur nicht allzuviel zu sagen habe.

Am nächsten Tag war Francis Coppola außer sich. Sobald er Evans sah, sagte er: „Bob, ich hab' gelesen, wo Sie keine Regisseure mehr brauchen." Evans reagierte nicht.

Mir kam's komisch vor, weil ich mittlerweile selber nicht mehr an die Autoren-Theorie glaubte – es handle sich denn um Autor-Regisseure wie Truffaut, Hitchcock, De Sica und dergleichen. An den Studiochef als alleinigen Cutter glaubte ich auch nicht, von Produzenten ganz abgesehen. Zu der Zeit war ich der Auffassung, der Schriftsteller solle das letzte Wort haben. Aber ich war natürlich ein wenig voreingenommen.

Etwas anderes, was ich merkwürdig fand. Pauline Kael schreibt die besten Filmkritiken Amerikas. (Wenngleich sie meinen Enthusiasmus für die Darstellung einiger junger hübscher Starlets nicht teilt.) In den zwei Jahren, die ich in Hollywood zubrachte, hörte ich ihren Namen kein einziges Mal. Das fand ich verwunderlich. Nicht, daß ich erwartete, die Betreffenden müßten sie lieben. Sie ist eine überaus strenge Kritikerin. Aber sie ist so klug und schreibt so gut, daß ich sie auch noch schätzen würde, wenn sie meinen Film verdammte. Was sie wahrscheinlich tun wird.

Es trifft zu, daß die persönlichen Beziehungen in Hollywood von gemeinsamen Interessen diktiert, daß die meisten Freundschaften funktionell sind. Innerhalb dieses gegebenen Rahmens jedoch fand ich viele meiner Mitarbeiter liebenswert, warmherzig und großzügig. Die Selbstsucht ist verständlich – in dieser Branche muß man selbstsüchtig sein, wenn man etwas erreichen will.

Ich verpflichtete mich für zwei Originaldrehbücher, die fertig sind, während diese Zeilen geschrieben werden. Und ich habe meine Agenten instruiert, daß ich keine mehr schreiben werde, wenn ich nicht die gesamte Kontrolle über den Film habe und das halbe Studio bekomme. Es scheint mir also das Filmgeschäft doch nicht so viel Spaß zu machen. Oder es ist mir klargeworden, daß ich mich bei dem Film doch nicht wie ein echter Profi betragen habe.

Ich habe die Arbeit an meinem Roman wieder aufgenommen. Der Gedanke, die nächsten drei Jahre als Eremit zubringen zu müssen, kann einem Angst machen, doch ich bin komischerweise glücklicher. Ich komme mir wie Merlin vor.

In der Geschichte von König Artur weiß Merlin, daß die Zauberin Morgan Le Fay ihn für tausend Jahre in eine Höhle einsperren wird. Als Kind verwunderte ich mich darüber, weshalb Merlin das geschehen ließ. Sie war eine Hexe, das wußte ich, aber war nicht auch Merlin ein mächtiger Zauberer? Nun, es hilft nicht immer, ein Zauberer zu sein, und Verzauberungen sind traditionsgemäß grausam.

Es scheint hirnverbrannt, wieder ans Bücherschreiben zu gehen. Aber so sehr ich mich auch über Verlage und Verleger ärgere, zumindest wissen sie eines: was sie verlegen, ist das Buch des Autors, nicht ihres. Und New Yorker Verleger verfügen vielleicht nicht über den Charme der Filmleute in Hollywood, aber sie degradieren einen nicht zu Teilhabern. Der Autor ist der Star, der Regisseur, der Studiochef. Es ist niemals *mein* Film – aber es ist immer *mein* Roman. Und das allein, will mir scheinen, zählt bei einer Verzauberung.

WIE DER VERBRECHER AMERIKA GESUND, REICH, SAUBER UND SCHÖN MACHT

Diesen Artikel habe ich 1966 geschrieben. Ich glaube, er könnte auf einiges Interesse stoßen, weil er zeigt, wie das Konzept des „Paten“ in meinem Kopf entstand. Es hat mich stets gestört, daß die meisten Kritiker die Ironie in meinen Büchern übersehen haben, und bisweilen hielt ich das für mein eigenes Versagen als Schriftsteller. Beim Schreiben verlasse ich mich ungern auf abstrakte Ideen oder intellektuelle Aussagen, die meist dazu verwendet werden, die Spärlichkeit der Charaktere und den mangelnden erzählerischen Schwung zu übertünchen.

In diesem Beitrag also soll die Ironie zu Wort kommen, die im „Paten“ versteckt ist – so versteckt, wie es scheint, daß die meisten Kritiker sie nicht gesehen haben und mich als Verherrlicher der Mafia brandmarkten. Ich möchte beweisen, daß ich schon zu Anfang auf seiten der Guten stand.

Der Artikel wurde bei seinem Erscheinen als zynische Verleumdung der Polizei und der Richter attackiert. Im Jahre 1971 bestätigte die Knapp-Kommission von New York City, die die Korruption im Strafvollzug untersuchte, einen großen Teil der hier angeführten Fakten.

Verbrechen ist *gut* für Amerika. Diese Feststellung soll keine versteckte Fürbitte für soziale Gerechtigkeit beinhalten, keine zynische Kritik der menschlichen Gier sein. Hier handelt es sich nicht um eine Diskussion der Moral, sondern um eine Erklärung der dynamischen Kraft, die unser Land zur reichsten Gesellschaft der Erde macht.

Von vornherein soll gesagt sein, daß nicht alle Kriminellen für die Gesellschaft von Nutzen sind. Strolche, die alte Frauen auf der Straße überfallen und ihnen die Handtasche entreißen, Kindesentführer, Räuber und Lustmörder – ohne die können wir recht gut auskommen. Wobei hier nicht relevant ist, ob ihre Väter sie verließen, ihre Mütter sie verdarben, das gesellschaftliche System sie demoralisierte. Sie bilden eine Minorität in ihrer Klasse und sind nicht produktiv. Für solche Typen haben wir Gefängnisse, die zugegebenermaßen überfüllt sind. Aber die Konjunktur steht in voller Blüte, und wir können es uns leisten, tausend weitere zu bauen. Und den elektrischen Stuhl gibt es ja auch. Um diese Quergänger brauchen wir uns nicht zu kümmern.

Ich möchte aber hier über den „produktiven" Kriminellen reden, der – ähnlich den von DDT-süchtigen Wissenschaftlern vernichteten Insekten – später zur Erhaltung eines mysteriösen Gleichgewichts in der Natur dient. Der produktive Kriminelle könnte sehr wohl für die Millionen kleiner Eigenheime verantwortlich sein, die aus den Marschen unseres Landes hervorsprießen, für die Tausende von neuen Colleges, die ihre Türen helläugigen Jugendlichen öffnen, für die zahllosen fahrbaren Untersätze, die Detroits Kaninchenbauen entschlüpfen.

Dies ist auch eine Erklärung für die glücklichen Architekten, die entzückten Erzieher und wohlhabenden Autoverkäufer, die fortwährend fragen: „Wo, zum Teufel, kommt denn bloß das Geld her?" In Erstaunen versetzt von Staatsbeamten, die hundertfünfzig Dollar die Woche verdienen und für monatlich zweihundertfünfzig Dollar Hypotheken aufnehmen, von schlecht bezahlten Buchhaltern und Tankwarten, die ihre Kinder in jene Colleges schicken, die Geld heraus- und Wissen hineinpumpen, und von Kaufhausaufsehern, die harte Dollar für neue Buicks lockermachen.

Jeden Tag drucken die Zeitungen Stories darüber, wie das FBI ganze Scharen von Regierungsbeamten aufspürt, die Bestechungsgelder annehmen; wie Staatsanwälte Beamte des städtischen Wohnungs- und Brandinspektorats vor Gericht bringen; wie Politiker ihre Positionen zur Verfügung stellen müssen, um sich in irgendeinem unaussprechlichen fremden Land auf einen diplomatischen Posten abschieben zu lassen. Kleinere Artikel berichten von Anklagen gegen Buchhalter, Kassierer, Bankbeamte und sogar Priester. All diese Unglücklichen werden „Kriminelle mit weißem Kragen" genannt, und sie haben für unsere Gesellschaft die gleiche Bedeutung wie der beste Dünger für einen ausgelaugten Gemüsegarten.

Man bedenke, daß es zwei Millionen Regierungsbeamte gibt, weitere vier Millionen auf Landes- und Gemeindeebene, dazu viele Millionen von Buchhaltern und anderen erschreckend unterbezahlten Angestellten, die die breite Basis unserer Wirtschaft bilden.

Von ihrem Gehalt allein könnten sie es sich nie leisten, ein Haus zu kaufen oder ihre Kinder aufs College zu schicken. Wenn all diese Menschen (man erinnere sich: es sind Millionen) ihr Schicksal akzeptierten, würde die Wirtschaft stagnieren. Der Boom der sechziger Jahre würde zerplatzen. Zum Glück jedoch entstammen die meisten dieser Menschen den abenteuerlustigen Pioniergeschlechtern der Alten Welt, die wagemutig ihr Glück in einem neuen Lande suchten. Daß vielen von ihnen schon damals die Polizei auf den Fersen war, tut hier nichts zur Sache.

Fangen wir mit den Staatsbeamten an: Die überwiegende Mehrzahl ist ehrlich, fleißig und arm. Aber in jeder Herde gibt es schwarze Schafe. Man schätzt, daß zehn Prozent, also zweihunderttausend, ungesetzmäßig Bestechungsgelder annehmen.

Mit Landes- und Gemeindeangestellten erhöht sich dieser Satz auf zwanzig Prozent oder achthunderttausend, so daß sich eine Gesamtsumme von einer Million „Kriminellen“ allein im öffentlichen Dienst ergibt.

Zuviel? Statistiken liegen natürlich nicht vor. Man überlege sich aber folgendes. Jedermann weiß, daß die meisten Verkehrspolizisten ein paar Dollar annehmen und dafür auf das Ausstellen eines Strafzettels verzichten. Bei einer Elternversammlung hat ein zynischer Vater sogar vorgeschlagen, diese Methode – keine unnötige Streiterei, nur Dollarscheine sauber in den Führerschein gelegt – in der Verkehrserziehung auf der Schule zu lehren. Und wie viele Verkehrspolizisten gibt es in den Vereinigten Staaten? Ganz zu schweigen von gierigen Sheriffs und habsüchtigen Friedensrichtern. Auf welchen Betrag beläuft sich dann die Summe der Schmiergelder? In New York City, wo ein neuer und unschuldiger Bürgermeister, John Lindsay, eine Parkstrafe von 50 Dollar vorgeschlagen hat, um den Verkehr reibungsloser zu gestalten, sieht man voraus, daß ein paar glückliche Bullen in die höchste Einkommensteuerstufe aufrücken werden.

Nicht fair? Verkehrspolizisten zu bestechen sei kein Verbrechen, und die Annahme dieses Bestechungsgeldes mache unsere Polizisten nicht zu Verbrechern? O. K. Nicht allgemein bekannt ist, daß in vielen unserer größeren Städte auf jedem Polizeirevier eine Zahlungsliste existiert. Auf dieser Liste ist jeder Polizist verzeichnet, vom Captain abwärts, und hinter seinem Namen steht der Betrag, den er jeden Monat von dem „sauberen Schmiergeld“ bekommt, das die Kriminellen in dem betreffenden Revier zahlen.

Sauberes Schmiergeld ist Protektionsgeld von Buchmachern, Callgirl-Renten, Zahlung von Ladenbesitzern, die laufend städtische Verordnungen übertreten, und die „Fixgelder“ von Schwindlern. (Schwindler operieren in keinem Territorium, solange für die Bullen nicht von vornherein vorgesorgt ist. Bei entsprechender Größe des Unternehmens werden auch der

Staatsanwalt und der Richter auf eventuelle Pannen vorbereitet.)

Ich will hier nicht diese Praktiken anprangern. Dieses ganze „schwarze“ Geld wird einer guten Verwendung zugeführt und dient der amerikanischen Wirtschaft auf die konstruktivste Weise.

Dann gibt es die Regierungsfunktionäre. Ist die Zahl der Bestechlichen zu hoch? Ein interner Scherz unter diesen Angestellten lautet, daß man sich genauso gegen Anklagen versichern können sollte wie gegen Unfall und Krankheit.

Es ist an der Zeit, der Verleumdung zu widersprechen, daß Bürokraten dumm seien. Humoristen und satirische Autoren verhöhnen den Amtsschimmel, die Amtssprache und die von Regierungsapparaten eingebrachten undurchführbaren Gesetze. Wenn aber alles klar und übersichtlich und sofort praktizierbar wäre – wer würde dann Schmiergelder zahlen? Die Bürokraten müßten von ihren Gehältern leben, und dazu bedürfte es wahrer Genies.

Die Kehrseite der Medaille ist der oberste Steuerbeamte, der patriotisch für einen Dollar im Jahr als Steuerberater arbeitet, um ausgeklügelte Durchschlupflöcher in die Gesetzesmaschen zu fabrizieren. Derselbe Fachmann vermietet sich an einen wohlhabenden Klienten und „findet“ ein paar dieser Gesetzeslücken. Für Menschen, die hundert Dollar die Woche verdienen, existieren keine Gesetzeslücken.

Es gibt viele Dinge, die sogar der untergeordnetste Beamte tun kann, um der Gemeinschaft zu helfen: deshalb ist es nicht verwunderlich, wenn einzelne Bürger bemüht sind, ihre Dankbarkeit zu zeigen. (Steuerbeamte können kurzfristig erblinden, Einberufungsbeamte können Personalakten verlegen.)

In der Privatindustrie ist solches Gebaren ebenso verbreitet, wenn auch nicht so gefährlich. Buchhalter polstern ihre mageren Gehälter erwartungsgemäß aus der Portokasse auf. Warenhausangestellte können, so sie schlau sind, den Kostenindex ihrer Lebenshaltung beträchtlich reduzieren. Tankstellenwarte können sich mit vierzig Jahren nach Florida zurückziehen. Und diese

Leute haben noch einen Vorteil. Werden sie geschnappt, tut ihnen kein FBI etwas zuleide. Ihre Arbeitgeber – ermattet von den Bemühungen, das Finanzamt hinters Licht zu führen und ihre Kunden übers Ohr zu hauen – sind verständnisvoll und gnädig. Sie setzen sie, vielleicht mit einem Wort vorwurfsvollen Verletztseins, einfach an die Luft.

Allerdings gibt es hier eine Ausnahme. Zwei- oder dreimal im Jahr erscheint eine Story mit dicken Überschriften in den Zeitungen, wie eine Buchhalterin mit fünfundachtzig Dollar die Woche ihre Firma um 200.000 Dollar erleichtert hat. Die wahre Geschichte ist die, daß der Unternehmer die Firma bereits zugrunde gewirtschaftet hatte – durch Pferdewetten, Nerzmäntel für Mätressen, Winterferien in Miami Beach und dergleichen mehr. Er sieht, wie die Buchhalterin ein paar Mäuse macht, und kümmert sich nicht darum. Er gibt ihr größere Vollmachten. Er läßt sie die Schecks unterschreiben. Er vergißt, die Wechsel, Rechnungen und eingehenden Schecks zu überprüfen. Alles überläßt er ihr. Vielleicht macht er sie sogar mit ein paar jungen gutaussehenden Hallodris bekannt, die Geld brauchen. Im rechten Augenblick – dann nämlich, wenn die Buchhalterin genug Mut gefaßt hat, 967 Dollar an Land zu ziehen –, wacht der Unternehmer indigniert auf und läßt sie wegen Unterschlagung von einer halben Million verhaften.

Wie aber verhilft dies alles der amerikanischen Wirtschaft zur Blüte? Weil alle diese Polizisten, Beamten, Buchhalter und verschiedenen Angestellten ihr schwarzes Geld eben *nicht* für Wein, Weib und Gesang ausgeben. Sie sind solide Mitglieder der Gesellschaft. Das Geld wird für ein neues Häuschen in der Vorstadt verwendet, damit die Kinder nicht in den Brutstätten des Verbrechens, in den Slums, aufwachsen müssen. Das Geld wird für Collegeerziehung verwendet, die aus Fürsorgekandidaten Ärzte, qualifizierte Ingenieure und Bücherrevisoren macht.

Der Wall-Street-Index steigt, Tausende von Arbeitsplätzen werden geschaffen. Diese Menschen schütten Adrenalin in unser gesellschaftliches System. Sie bezahlen ihre Bankschulden samt den damit verbundenen horrenden Zinsen. Sie saufen nicht und huren nicht, und sie unterstützen unsere Politik in Vietnam. Kurzum: sie sind keine Störenfriede. Sie haben eben nur nicht genug Geld, um über die Runden zu kommen.

Seltsamerweise verhilft das Verbrechen Amerika nicht nur zur körperlichen, sondern auch zur geistigen Gesundheit. Man nehme einen wirklich ehrlichen Arbeiter, der ehrlich bleibt, und sei der soziale Streß auch noch so stark. Er hat gerade seinen Arbeitsplatz verloren, er verfügt über kein Bankkonto, seine Frau benötigt Medikamente, seine Kinder brauchen Schuhe. Seine dürftigen Talente lassen keine rosige Zukunft erhoffen. Die logische Schlußfolgerung für ihn ist, Krimineller zu werden. Weil er jedoch gut erzogen und moralisch denkt, findet er es unmöglich, diese logische Schlußfolgerung zu ziehen. Der daraus resultierende Kampf macht, Psychiatern zufolge, die Schizophrenie zur bevorzugten Zuflucht. Zum Glück für die Gesellschaft sind solch extreme Fälle verhältnismäßig selten. Der Mensch paßt sich an, wie das folgende Beispiel zeigt.

Ein Angestellter im öffentlichen Dienst, verheiratet, Vater von drei Kindern, verdiente weniger als hundert Dollar die Woche. Seine Frau behandelte ihn mit der desillusionierten Herablassung jener Frauen, die gelernt haben, daß Liebe in einer glücklichen Ehe nicht alles ist.

Er hätte sein Problem dadurch lösen können, daß er seine Frau arbeiten schickte, doch hatte er den berühmten Glueck-Report über die Straffälligkeit Jugendlicher gelesen, in dem es heißt, daß vier von fünf Kindern, die in Schwierigkeiten geraten, aus Familien kommen, wo die Mutter berufstätig ist.

Das Selbstbewußtsein des Mannes wurde zerstört. Er wurde grantig. Er verweigerte den Kindern Gute-Nacht-Geschichten, zankte sich mit seinem Vorgesetzten bis an den Rand der Prügelei und bekam gefährliche Aggressionen gegen die Gesellschaft, die ihre Verantwortung für ihn nicht wahrnahm.

Dann wurde er durch einen glücklichen Umstand in eine Abteilung versetzt, wo er die Gesuche kleiner Geschäftsleute für Regierungsaufträge bearbeitete. Er war erstaunt und gerührt, als diese angeblich gefühllosen Materialisten ihn mit Freundlichkeit und Achtung behandelten. Ein Kleiderfabrikant schickte seinen Kindern zu Weihnachten ein Paket teurer Kleidungsstücke. Aus naiver Dankbarkeit schob der Angestellte das Auftragsgesuch dieses Mannes an die erste Stelle seiner Bearbeitungsliste.

Bald blühte sein kleines Geschäft. Für fünfzig Dollar bearbeitete er jeden Antrag noch am Tage des Eingangs. Dies bedeutete eine Einsparung von drei Monaten Wartezeit. Für seine Kunden war das ein ungeheurer Gewinn.

Innerhalb von fünf Jahren stieg der Mann in die gehobene Mittelschicht auf. Er unterstützte die amerikanische Wirtschaft, indem er sich ein Eigenheim kaufte und einen neuen Buick. Jedes Jahr zu Silvester ging er mit seiner Frau in einen Nightclub, und mit seinen Kindern besuchte er regelmäßig Ausstellungen. Er hat bereits eine Versicherung für die Ausbildung seiner Kinder abgeschlossen, die also nie zu einer Bürde für die Gesellschaft werden können.

Am wichtigsten war die Veränderung seiner Persönlichkeit. Er wurde ein reizender Mensch, freundlich, umgänglich, rücksichtsvoll – wie Menschen eben werden, wenn man sie mit Respekt behandelt und ihrem Wert nach entlohnt. Da die Bestechungsgelder von der prompten Erledigung seiner Akten abhingen, wurde er ungeheuer eifrig und bekam zum erstenmal in seiner langen Laufbahn ein Anerkennungsschreiben seines Vorgesetzten. Er ist einer von Tausenden.

Vielleicht aber ist all dies bloße Sophisterei? Ist das Annehmen von Bestechungsgeldern nicht verächtlich? Und was ist mit jenen Menschen, die ungefähr das gleiche tun, nur daß sie es in Form eines teuren Expertengutachtens legal tun können? Die pensionierten Generale, Admirale, Kriegshelden – was eigentlich tun sie für die hunderttausend Dollar pro Jahr, die sie von den großen Industriekonzernen bekommen?

Und dann haben wir noch die gesetzgebenden Körperschaften unserer fünfzig souveränen Länder. Eine Gestalt in „The Great McGinty“ sagt: „Wenn du keine Schmiergelder hättest, würdest du in der Politik nie über das Mittelmaß kommen.“ Als der sanfte Thoreau hörte, daß die gesetzgebende Versammlung von Massachusetts zusammengetreten sei, sagte er zu einem Freund: „Ich muß schnell in die Stadt, um an meiner Hintertür ein Schloß anzubringen.“

Diese Meinung ist freundlicher als die zynischer Experten, denen zufolge Politiker die Könige unter den Gaunern seien. Nun ist natürlich klar, daß nicht alle unehrlich sind; auch hier trifft zu, daß ein fauler Apfel den ganzen Korb verderben kann. Doch ist allgemein bekannt, daß jeder, der eine dieser staatlich genehmigten Goldgruben wie einen Rennplatz, eine Spirituosenhandlung oder eine Kreditanstalt aufmachen möchte, vorsorglich ein paar Prozente für die Wächter des öffentlichen Interesses bereithalten sollte.

Andere Formen menschlichen Fortkommens mittels aufgehaltener Hand sind schwerer zu rechtfertigen. Was ist mit den Buchmachern, den Wucherern, den unmenschlichen Rauschgifthändlern? Nun, Buchmacher und Wucherer führen ein hartes Leben. Sie arbeiten die Nächte durch und stehen beträchtliche Ängste aus. Sie müssen auf Abruf bereitstehen wie Ärzte. Und auch sie träumen den amerikanischen Traum. Sie arbeiten, um ein Häuschen kaufen zu können und ihre Kinder aufs College zu schicken. Aber da sie sentimentaler sind als der übliche Geschäftsmann, fangen sie beim wertvollen Schmuckstück für ihre Ehefrauen an.

In Claude Browns brillanter Autobiographie, „Im Gelobten Land“, findet sich sogar eine Rechtfertigung für den gefürchteten Drogenhändler. Die Erfahrung zeigt, so sagt Brown, daß ein Süchtiger, der von seiner Sucht geheilt wurde und dann eine der schlecht bezahlten manuellen Arbeiten annimmt, die einem Schwarzen offenstehen, unweigerlich rückfällig wird und seine

Familie mit ins Elend zieht. Wenn er aber Drogenverkäufer wird, wenn er vom Konsumenten zum Verteiler wird, dann kann er ein geachtetes Mitglied der Gesellschaft werden, seine Lieben in einem schönen Villenviertel unterbringen und die Früchte eines ehrbaren bürgerlichen Lebens genießen.

Sogar unsere großen Aktiengesellschaften haben auf ihre Weise dazu beigetragen, den „amerikanischen Traum“ zu fördern. Siebzig Prozent der größten US-Gesellschaften sind des Verbrechens überführt worden, ihre Direktoren wurden schuldig befunden, gegen das Antitrustgesetz verstoßen zu haben. Als einmal ein Schwindel in der Höhe von 300 Millionen aufflog, saßen einige von ihnen sogar zwei Monate im Gefängnis. Einer davon beschwerte sich gegenüber einem Mitgefangenen, daß er zumindest nicht mit einer Kanone auf die Straße gegangen sei, um Menschen umzulegen. Worauf sein Mitgefangener, ein Schwarzer, der zehn Jahre wegen bewaffneten Raubes absaß, beleidigt erwiderte: „Ich hatte ja nie die Gelegenheit dazu, das Antitrustgesetz zu verletzen.“

Hunderttausende, vielleicht Millionen amerikanischer Familien sind so den Slums der Großstädte, diesen Brutstätten des Verbrechens, entkommen. Hunderttausende junger Menschen werden Atomwissenschaftler, Anwälte oder Forscher statt frustrierter Angestellter und randalierender Dockarbeiter.

Auch gibt es einen historischen Beweis für meine These. Durch illegale Schnapsbrennerei stieg eine ganze Generation italienischer Bauern während der Prohibition in das Bürgertum empor. Und gibt es heute bravere Bürger als sie? Ihre Söhne sind die besten Baseballspieler, und es gibt kaum ein Gebiet des beruflichen Lebens, wo sie nicht ihre Spuren hinterlassen hätten. Vielleicht ist dieses Beispiel zu eingeschränkt, zu speziell. Es gibt aber noch andere.

1939 war Amerika im Banne der Depression. Es gab keine Arbeit, die Menschen lebten schlecht, nur wenige besaßen ein eigenes Heim oder Auto. Dann brach der Zweite Weltkrieg aus.

Zwanzig, dreißig, vierzig Millionen starben – wer weiß das heute noch genau? Das Kriegsmaterial, das verpulvert wurde, hat genug gekostet, um jedermann ein Haus zu bauen. Die Arbeitsstunden, die vergeudet wurden, wären genug gewesen, um die Häuser zu errichten. Dennoch leben wir wegen dieses Krieges und dieser Vergeudung in einer nie dagewesenen Prosperität.

Dies ist keine moralische Diskussion. Es ist vielleicht ein Suchen nach Anpassung. Wenn das Verbrechen für Amerika gut ist, was folgt daraus?

Wie soll man sich einer Gesellschaft anpassen, die es dem Zigarettenfabrikanten erlaubt, hundert Millionen Amerikaner mit Krebs zu verseuchen?

Wie soll man sich einer Gesellschaft anpassen, die jede Möglichkeit hat, Blutreinigungsmaschinen zu bauen, die das Leben Tausender von Nierenkranken retten könnten, es jedoch vorzieht, ihr Geld für neue Überschalljäger auszugeben?

Wie soll man sich einer Gesellschaft anpassen, in der Industrielle deformierende Medikamente verkaufen und dann, um ihre Investitionen zu retten, mächtige Lobbies bilden, um das Einschreiten der Regierung zu verhindern?

Wie soll man sich einer Gesellschaft anpassen, die Menschen einberuft, damit sie im Kriege kämpfen, während sie gleichzeitig ihren Geschäftsleuten erlaubt, aus dem Blutvergießen Profit zu ziehen?

Wie soll man sich einer Gesellschaft anpassen, deren oberster Beamter zugibt, sein Land und die Welt bezüglich einer Aktion belogen zu haben, die zu einem Atomkrieg hätte führen können?

Wieder: dies ist keine Denunzierung, dies ist keine moralische Diskussion. Solche Verbrechen sind unausweichlich. Wenn aber die Gesellschaft mehr und mehr kriminell wird, muß der angepaßte Bürger auch mehr und mehr kriminell werden. Wagen wir also jetzt den letzten Schritt.

Ist es nicht die Pflicht eines jeden Amerikaners, so selbstsüchtig und unehrlich wie möglich zu leben? Was sonst hält die Räder der

Industrie in Gang? Der verlästerte Geschäftsmann, der so gierig um Profite kämpft wie ein Hai um einen über Bord gefallenen Menschen – war der die ganze Zeit auf dem rechten Pfad? Trifft es tatsächlich zu, daß das, was für General Motors gut ist, für Amerika ebenfalls gut ist? Ist der Weg zum glücklichen Leben mit Lügen und Betrug und Diebstahl gepflastert? In unserer Gesellschaft muß die Antwort lauten: ja. Und daher ist Verbrechen für Amerika gut.

Für jene, die anderer Meinung sind, gibt es nur eine Alternative. Daß nämlich die Gesellschaft, gewandet in die Robe des Gesetzes, maskiert durch Religion, seit Anbeginn der Geschichte mit Autorität bewaffnet – daß sie selber der Erzverbrecher der Menschheit ist.

DIE ITALOAMERIKANER

Als das „New York Times Sunday Magazine“ diesen Artikel gebracht hatte, wurde ich mit Briefen überschüttet. Einige waren wohlmeinend, andere waren böse. Einige Italiener waren wütend; doch ich bin mit dem Leben davongekommen, weil ich klug genug war, zuzugeben, daß Amerika von Christoph Kolumbus entdeckt wurde.

Die neugegründete italoamerikanische Anti-Diffamierungs-Liga, deren Vorsitzender Mr. Frank Sinatra ist, hat eine Kampagne angekündigt, um eine Million Mitglieder zu gewinnen, von denen jedes einen Beitrag von zehn Dollar zahlt. Die zehn Millionen Dollar sollen verwendet werden, um Buchverleger, Filmfirmen, Fernsehproduzenten und Zeitschriftenherausgeber zu veranlassen, keinen Namen eines Kriminellen auf i oder o enden zu lassen.

Sie dürften keine Schwierigkeit haben, meine achtzigjährige, in Italien geborene, in den USA naturalisierte und daher – wenn ich die Bezeichnung recht verstehe – italoamerikanische Mutter für sich zu gewinnen. Bis zum heutigen Tage glaubt sie, daß der verruchte Alphonse Capone ein irischer *malscalzone* gewesen sei, der boshafterweise ein neapolitanisches Alibi wählte, um die Italiener in Verruf zu bringen. Natürlich wird die Liga aufgrund eines von einigen Soziologen so genannten „Rot-Kreuz-Syndroms" niemals von meiner Mutter die zehn Dollar bekommen.

Die Liga verpflichtet sich feierlich, „22 Millionen schwer arbeitende patriotische Italoamerikaner" gegen jedwede Diffamierung zu verteidigen, und verspricht, „gegen Verlage, Herausgeber, Autoren von Büchern und Zeitschriften sowie alle Herausgeber von Druckwerken" vorgehen zu wollen, „um dem Brauch, romanhaftes Material zu produzieren, das dem Ansehen und der Würde der Italoamerikaner schadet, Einhalt zu gebieten". So steht's in der hübsch gedruckten Broschüre zu lesen.

Als Romanautor, der bisweilen über Italiener schreibt, fühlte ich mich hinlänglich angesprochen, um das Verzeichnis der Vorsitzenden durchzugehen – jener Herren, die beschlossen hatten, meine Arbeit zu zensurieren. Vielleicht war es irrelevant, daß sich kein Intellektueller unter ihnen befand, kein einziger Schriftsteller. Drei der „Direktoren" indessen führten den Titel „Esq." hinter ihrem Namen. Das war Warnung genug.

Mit dieser Liga als Helfer hätten die Italoamerikaner einen zweiten Helfer nötig, der erklären sollte, wie sie wirklich sind. Dieses etwas impressionistische Porträt ist ein solcher Versuch.

Daß eine solche Liga ins Leben gerufen werden kann, erscheint auf den ersten Blick erstaunlich. Die Kultur Italiens hat Amerikas Gesicht geprägt. Von den Hügeln Vermonts bis zu den Ebenen von Texas, vom rußigen New York bis zum sonnigen San Francisco hat die Tomatenpizza den *hot dog* verdrängt. Der große Joe DiMaggio (seine sechsundfünfzig Siege werden als unüberbietbarer Baseballrekord betrachtet) wurde nicht nur zum Nachfolger des legendären Baseballhelden Babe Ruth, sondern heiratete die Sex-Göttinnen Amerikas. Und der Vorsitzende der italoamerikanischen Anti-Diffamierungs-Liga, Mr. Sinatra persönlich, ist nicht nur der gesuchteste Entertainer im heutigen

Showgeschäft, sondern das geheime Idol jedes schuldgeplagten Amerikaners. Kein anderer berühmter Mann hat es zustande gebracht, sich von seiner Frau scheiden zu lassen und trotzdem die Kontrolle über ihr Leben und das ihrer Kinder zu behalten und sie alle zu Glück und Erfolg zu führen, während er eifersüchtig über seine persönliche Freiheit wachte.

Und dann ist da Dean Martin, dessen Fernsehshow im vergangenen Jahr den ersten Platz einnahm. Da ist Jack Valenti. Und, wenn wir uns erinnern, Rudolph Valentino. Kurzum: es sieht doch ganz so aus, als seien die Italoamerikaner allseits beliebt. Wozu also eine Liga? Weil jedesmal, wenn das FBI einen Großen im Drogen- oder Wettgeschäft erwischt, Mr. Hoover behauptet, der Mafia einen schweren Schlag versetzt zu haben. Und natürlich endet der Name des Schurken für gewöhnlich auf o oder i. Bücher und Zeitungen, Zeitschriften und Filme haben das Image der stämmigen, dunkelhäutigen Männer etabliert, die das Spielen in Las Vegas, die Raubüberfälle an der Ostküste und den internationalen Drogenhandel kontrollieren.

Die italoamerikanische Anti-Diffamierungs-Liga verlangt selbstverständlich die Bestrafung aller Kriminellen. Einer ihrer Wortführer indessen fragte in einem Interview: „Meyer Lansky ist der größte Drahtzieher im Glücksspiel – wieso schreibt denn niemand etwas über ihn?“ Auch hat die Liga bei Bürgermeister John Lindsay Protest angemeldet, daß dreiundzwanzig der New Yorker Stadträte aus der jüdischen, während nur einer aus der italienischen Bevölkerungsschicht in den Stadtrat berufen wurde. New York ist zu fünfundzwanzig Prozent jüdisch und zu zwanzig Prozent italienisch. (Die jüdische Anti-Diffamierungs-Liga verklagte kürzlich die italoamerikanische Anti-Diffamierungs-Liga, weil ihr Name so ähnlich sei.) Indes wäre es unfair, die italienische Liga des Antisemitismus zu beschuldigen. Die Rivalität ist die zweier Gleichaltriger: die jüdische und die italienische Einwanderung stimmten zeitlich überein, und die gesellschaftlich weniger erfolgreiche Gruppe attackierte eifersüchtig die andere.

Es stimmt schon, daß die fortlaufende Wiederholung der Worte Mafia und Cosa Nostra bei jeder Festnahme eines kleinen Gauners viele Italoamerikaner irritiert. Doch nicht 22 Millionen, wie die Liga behauptet, weil es ganz einfach nicht so viele gibt. Die Volkszählung von 1960 zeigt, daß zur Zeit etwas über 1,100.000 in Italien geborene Italoamerikaner in Amerika leben und 3,280.000 im Lande geborene Amerikaner italienischer Abstammung (zumeist aus Süditalien), von denen ich einer bin.

Ich habe mich stets als Amerikaner gefühlt, doch gebe ich eines zu: eine Woche ohne Spaghetti stürzt mich in einen tiefen dunklen Schacht physischer Angst. Puccini-Arien und neapolitanische Volkslieder bringen mich zum Weinen. Wenn ich einen italienischen Film sehe, werde ich von Heimweh überwältigt. Aber das braucht man, glaube ich, nicht in Betracht zu ziehen. Ein chinesischer Oberkellner, den ich kenne, sagt ebenfalls, daß er bei italienischen Filmen Heimweh bekomme.

Wenn wir also Eingewanderte und in der ersten Generation im Lande Geborene zusammenzählen, kommen wir auf ungefähr eine Summe von viereinhalb Millionen amerikanischer Italiener. Wo sind die restlichen über siebzehn Millionen, von denen die Liga spricht? Offensichtlich zählen sie die in der zweiten und dritten Generation in Amerika Geborenen mit. Niemand kann sie daran hindern, aber ich frage mich, wie die Reaktion meiner eigenen Kinder wäre, wenn jemand sie Italoamerikaner nennen sollte. Wenn sie älter wären, und damit weniger großzügig, würden sie die Liga möglicherweise anklagen, siebzehn Millionen unschuldiger Amerikaner zu diffamieren.

Eine ernstere Fehlkalkulation der Liga ist ihre Hoffnung, zehn Dollar Mitgliedsbeitrag zu kassieren. Dies ist purer Wahnsinn, wieder diese Verzerrung der Realität im Geist eines eifersüchtigen Bruders, der mit dem Erfolg seines Rivalen wetteifert, nämlich der jüdischen Gemeinde. Offenbar hat die Liga nie von der soziologischen Studie gehört, die erstellt wurde, um herauszufinden, weshalb die Italiener in diesem Lande aus psychologischen Gründen bei Sammlungen für das Rote Kreuz nichts beisteuern können. Die Untersuchung bezog sich nur auf Einwanderer aus Süditalien, damit also, wie bereits gesagt, auf die meisten Italoamerikaner. (Von 2,300.000, die von 1900 bis 1910 nach Amerika auswanderten, kamen mehr als 1,900.000 aus dem Süden.) Der Italoamerikaner aus dem *mezzogiorno* (wörtlich „Mitte des Tages", idiomatisch für den tiefen Süden) war seit vielen Jahrhunderten arm und zudem häufig von Organisationen betrogen worden, die angeblich zu seinen Gunsten arbeiteten. Einerlei, wie reich er in diesem Land vielleicht auch geworden ist – ihm ist es unmöglich, sein schwer verdientes Geld einem Haufen von Bürokraten zu geben, die es an Fremde weiterleiten, die, bei aller Notlage, keine Blutsverwandten sind.

Italiener nehmen auch häufig kein Geld an. Eine Zeitungsstory berichtete vor ein paar Jahren von einem sehr wohlhabenden Italoamerikaner, der in seinen Geburtsort zurückkehrte mit der Absicht, jeden Dorfbewohner mit einem großzügigen Geldgeschenk reich zu machen. (Er bat nicht das Rote Kreuz, das Geld an bedürftige Bauern in Italien zu verteilen – aber dies nur nebenbei.) Zum Erstaunen dieses ehrlich warmherzigen Mannes erschienen ein paar Dörfler überhaupt nicht, um ihr Geschenk in Empfang zu nehmen. Sogar die Bitten des Dorfpriesters konnten diese undankbaren Geschöpfe nicht dazu bewegen. Sie glaubten, es sei irgendeine Art Trick, und überhaupt wollten sie mit einem verrückten Fremden nichts zu tun haben. (In Süditalien wird jeder, der außerhalb des Dorfes lebt, Fremder genannt.)

Es erscheint zweifelhaft, daß Leute solcher Herkunft an irgendeine Organisation zu irgendeinem Zwecke zehn Dollar schicken.

Die Liga ist, andererseits, auf dem richtigen Dampfer, wenn sie behauptet, die Italoamerikaner seien die patriotischesten Bürger der Vereinigten Staaten. Es hat niemals einen italoamerikanischen Verräter gegeben, und im Zweiten Weltkrieg ist die Frage der Loyalität überhaupt nicht aufgetaucht. Die amerikanischen Italiener lieben Amerika, und dies aus den besten Gründen und

Motiven. Amerika ist ihre Rettung gewesen. Die Geschichte der italienischen Wanderung ist ein großes Epos mit glücklichem Ausgang – und zugleich eine Geschichte, die außerhalb soziologischer Untersuchungen vielleicht nie richtig geschildert wurde. Es ist eine bitter-traurige Geschichte.

Der ärmste Italiener ist an Stolz nicht zu übertreffen. Er beklagt sich niemals, von einem exklusiven Country-Club ausgeschlossen zu sein. Wenn er erfolgreich ist, wird er nicht versuchen, in eine soziale Elitegruppe einzudringen. Er weiß seit je, daß er nicht erwünscht ist, und dazu gehört möglicherweise an erster Stelle Italien.

Keine andere Nation hat ohne die Geißel religiöser oder politischer Verfolgung so viele ihrer Bürger durch Auswanderung verloren wie Italien. Im frühen achtzehnten Jahrhundert flohen über zwei Millionen nach Argentinien und erbauten die Stadt Buenos Aires, und weitere zwei Millionen fuhren nach Brasilien. Hunderttausende gruben den Suezkanal und kolonisierten die Stadt Tunis für die Franzosen. In den zwanziger Jahren des vergangenen Jahrhunderts kamen die ersten zögernd nach Amerika (merkwürdigerweise hielt diese erste Auswandererwelle Argentinien für das Land der größeren Möglichkeiten), und um 1930 hatte die Summe der in die Vereinigten Staaten einwandernden Italiener die phantastische Zahl von 4,628.000 erreicht.

Von den 1,900.000, die zwischen 1900 und 1910 aus dem Mezzogiorno einwanderten, gehörte nur ein halbes Prozent höheren Berufsständen an, fünfzehn Prozent waren gelernte Arbeiter, der Rest setzte sich aus völlig ungelernten Kräften zusammen. Diese Bauern wurden von der herrschenden Klasse und den meisten Norditalienern als unzivilisierte Tiere betrachtet, ja die Regierung in Rom hat über sie eigene Statistiken geführt, genauso, wie wir eigene Statistiken über die Schwarzen führen (die Ähnlichkeiten zwischen der Lage der Schwarzen heute und den analphabetischen Italienern von 1890 sind erstaunlich). Zeitungen in den Vereinigten Staaten nannten diese Bauern den „Abschaum Europas“ und schlugen in Leitartikeln vor, sie nicht hereinzulassen. Sie wurden beschuldigt, zu gewalttätig zu sein, zu dunkel, zu betrunken und zu sinnlich.

Der Hauptgrund für diese gewaltige Flut von Menschen aus einem Lande, das häufig als Wiege der westlichen Zivilisation bezeichnet wird, war eine herrschende Klasse, die ihre südlichen Bürger seit Jahrhunderten auf die unglaublichste Weise mißbraucht und ausbeutet. Also flohen diese Bauern aus dem sonnigen Italien wie Kinder im Märchen vor grausamen Stiefeltern in den dunklen Wald.

An jenem ruhmreichen Tage der italienischen Geschichte, als der große Garibaldi Sizilien und Neapel erobert hatte und sie dem König von Sardinien unterstellte, der dann der erste König von Italien wurde, warfen die Bauern einen Blick auf die nun zentralisierten Mächte der Korruption und Ausbeutung und liefen noch schneller davon. Was ihren Herrschern jedoch nicht schnell genug war. Die italienische Regierung schloß einen Vertrag, demzufolge sie alle Gefängnisinsassen an Brasilien und Portugal auslieferte, die dort als Kolonialfutter verwendet werden sollten – sogar jene armen Teufel, die weniger als ein Jahr abzusitzen hatten. Das aber war denn doch endlich zu viel. Ein allgemeiner öffentlicher Aufschrei führte dazu, daß der Vertrag annulliert wurde.

Italienische Einwanderer des neunzehnten Jahrhunderts, die von einem amerikanischen Journalisten gefragt wurden, ob sie ihr Heimatland immer noch liebten, gaben zur Antwort: „Italien ist für uns, wo man uns zu essen gibt.“ Was heißen sollte, daß sie dem Land gegenüber loyal seien, das ihnen den Magen füllte. In dieser bitteren Antwort lag die ganze Verachtung des Bauern gegenüber Herrschern, die ihn ausgehungert und angespuckt hatten, die ihn und seine analphabetischen Kinder hilflos der Raffsucht einer indifferenten Kirche, gierigen Bürokraten, verzweifelten Banditen, einer selbstsüchtigen Mittelschicht und seinen eigenen tragischen menschlichen Schwächen ausgeliefert hatten.

Einiges hiervon folgte den Einwanderern ins gelobte Land nach. Gewitzte Italiener warteten an den Docks, um aus den *paisanos* ihre Arbeitskolonnen zu rekrutieren. Dies war als das *padrone*- oder Boß-System bekannt. Der *padrone* verkaufte die Kolonne als Arbeitstiere an eine amerikanische Firma und kassierte so auf beiden Seiten, indem er den Schweiß seiner Landsleute unterhalb des Marktpreises verkaufte.

Italienischsprachige Zeitungen widersetzten sich der Bildung von Gewerkschaften und attackierten soziale Reformen, die ihren weniger glücklichen Landsleuten hätten helfen können. Hier unterschieden sich die italienische Mittelschicht und die italienischsprachige Presse von dem sozialbewußten jüdischen Äquivalent. Doch muß man zugeben, daß der Fehler zum Teil im italienischen Charakter lag: der Italiener vertraut eher der Familie als der sozialen Struktur, und seine Lehensabhängigkeit vom *padrone* beruhte darauf, daß auch der *padrone* italienischen Blutes war.

Wer heute die Schwarzen und die Puertoricaner schmäht, weil sie „wie Tiere hausen, drei oder vier Familien in einer Wohnung", der muß wissen, daß die italienischen Einwanderer in New York in einer Dichte von eintausendeinhundert auf viertausend Quadratmeter lebten, zehn Menschen pro Raum. Jene, die es den Schwarzen heute verübeln, daß sie sich mit ihrer Unterstützung von dreißig Dollar die Woche einen Cadillac kaufen, müssen wissen, daß man es den frühen italienischen Einwanderern vorwarf, die Substanz und soziale Energie ihrer Vereinigungen zu vergeuden (die „Söhne Italiens" hatten einst 350.000 Mitglieder in den Vereinigten Staaten, waren aber politisch und sozial nicht sehr rege), farbenprächtige religiöse Festlichkeiten zu veranstalten oder ihre Stimme Politikern zu geben, die für solche Umzüge ihre Genehmigung erteilten.

New York City, der natürlichste Ankunftshafen, war für die meisten Italiener zugleich der Endpunkt. Ein Klein-Italien entstand in der Mulberry Street, in Harlem, ein anderes auf der

108. Straße und Ersten und Zweiten Avenue, in Greenwich Village um den Washington Square herum, auf der Arthur Avenue in der Bronx, auf dem ländlichen Staten Island, dem ersten Stadtbezirk, der einen italoamerikanischen Präsidenten hatte. Seltsamerweise existieren die meisten dieser Klein-Italien heute noch. Es scheint, als hatten die Italiener nur einmal im Leben den Wandertrieb und könnten sich nicht mehr fortbewegen, sobald sie sich erst einmal niedergelassen haben. Vielleicht aber kommt es ganz einfach daher, daß die Italiener, trotz ihrem ewigen Nörgeln, an Toleranz von niemandem übertroffen werden. Auf jeden Fall wurden sie weder von den Schwarzen und Puertoricanern an ihren Grenzen in Harlem und an der East Side, noch von den sonderbaren Bohemiens, Hippies und LSD-Gurus im Village verdrängt. Die Umgebung wird schäbiger, doch das Innere der Häuser dieser Italoamerikaner wird komfortabler und luxuriöser, je höher sie in der Mittelschicht aufsteigen. Aber aus ihrer alten Umgebung lassen sie sich nicht vertreiben.

Die Flut der Einwanderer war für eine einzige Stadt zu groß. Im Jahre 1914 gab es starke Kolonien von Italienern in Philadelphia (wo sie eine Macht in der Straßenreinigung wurden), Chicago, Baltimore, Detroit, Cleveland und Boston. Sie wurden Berg- und Metallarbeiter, Schuhputzer und Barbiere. Sie infiltrierten das Baugewerbe im Osten als Maurer, Zimmerleute, Klempner und Elektriker. Eine Kolonie italienischer Zigarrenmacher etablierte sich in Tampa. Einige Wagemutigere eröffneten kleinere Restaurants, und da das italienische Essen derb und gut und billig ist, wurden diese Etablissements meist ein Erfolg. Junge Mädchen gingen als Streikbrecher in die Bekleidungsindustrie, bis die jüdischen Gewerkschaftler sie ausbildeten, wobei sie als Organisatoren unter anderem den jungen La Guardia verwendeten. Ein Nebenprodukt dieses Austauschs – von keinem sozialen Kommentator, nicht einmal von dem außergewöhnlich scharfsichtigen Daniel Moynihan, bemerkt – besteht darin, daß diese jüdischen Mitarbeiter den jungen italoamerikanischen Mädchen die Achtung vor Fortbildung beibrachten. Die italienischen Mädchen bekämpften die Verachtung ihrer Eltern für Schulbildung und setzten es durch, daß ihre jüngeren Brüder und Schwestern die High-School vollenden und sich höheren Lernzielen zuwenden durften. Ohne dies läge die Zahl von 4,8 Prozent der im Lande geborenen Italoamerikaner, die einen Collegeabschluß erreichen, wahrscheinlich noch niedriger.

Obwohl die überwältigende Mehrzahl der italienischen Einwanderer sich in den Städten niederließen, muß man bedenken, daß die meisten von ihnen Bauern gewesen waren, und einige konnten sich der Versuchung jungfräulichen Bodens nicht widersetzen. Gegen 1910 gab es mindestens fünfunddreißig landwirtschaftliche Klein-Italien in den Südstaaten.

Doch der große Brückenkopf zu der amerikanischen Mittelschicht wurde ursprünglich von den kräftigen Schultern und den Schaufeln der Arbeiter gebaut. Schaufeln bedeuteten für den gehobenen Italiener etwas Ähnliches wie Wassermelonen für den gehobenen Schwarzen. Und doch gibt es die herzerwärmende Geschichte eines Italoamerikaners, der seinem ältesten Sohn seine Schaufel als Familienerbstück vermachte.

Der amerikanische Italiener hat seine Schaufel weit hinter sich gelassen. Er sitzt jetzt fest in der Mittelschicht. Viele von ihnen sind Bauunternehmer geworden, während sie früher Ziegelsteine schleppten, und andere Importeure von Öl und Käse. Im öffentlichen Dienst sind sie zahlreich vertreten, und im Schaugeschäft sind sie die gekrönten Könige.

Es ist heutzutage nicht modern, die Vereinigten Staaten ein großes Land zu nennen. Sicher: sie haben schwerwiegende Fehler. Und Träume ändern sich. Aber niemals hat es ein anderes Land gegeben, das so gut zu Menschen gewesen ist, die für das Leben nur mit kräftigen Schultern und Schaufeln gewappnet waren.

Im Rückblick erscheint es wie ein rätselhaftes Wunder. Wie war es möglich? Daniel Moynihan und Nathan Glazer stellen in ihrem Buch „Beyond the Melting Pot“ die Theorie auf, daß es die starke Familienstruktur der Italiener gewesen sei, die ihren Kindern genügend psychologische Kraft und ausreichendes Vertrauen gegeben habe, sich im wirtschaftlichen Strom des amerikanischen Lebens zu behaupten. Auch kommen sie zu dem Schluß, daß die Schwarzen nie in größerem Ausmaß in die Mittelschicht eindringen werden, solange die auseinanderfallende schwarze Familienstruktur nicht wieder gefestigt wird. Sie vertreten die Ansicht, die städtischen Schwarzen müßten überredet werden, ihre Familien nicht zu verlassen.

Intellektuelle Terroristen der Linken – stets bereit, ernsthafte Diskussionen und ehrenwerte Männer als „mit Vorurteilen behaftet" abzutun – attackierten das von ihnen so genannte Eindringen in das Sexualleben einer ohnehin hart geprüften Minderheit. Intellektuelle Terroristen der Rechten verfälschen die Theorie mit ihren üblichen Dummheiten. Das Buch macht jedoch klar, daß keine moralische Bewertung beabsichtigt ist. Auch macht es deutlich, daß viele andere Bedingungen im „Schwarzen Problem" eine Rolle spielen. Es bleibt die Tatsache, daß die starke Familiengruppe einen der Schlüsselfaktoren in der Geschichte des italoamerikanischen Erfolgs darstellt, und jeder neue schwarze Moses, der sein Volk ins gelobte Land der Mittelschicht führen will, täte gut daran, dies zu bedenken.

Es ergibt sich zwangsläufig, daß man in einem Artikel über eine ethnische Gruppe jene Einzelpersonen anführt, die sich ausgezeichnet haben. Die italoamerikanische Anti-Diffamierungs-Liga beginnt – wie viele andere italienische Propagandaorganisationen – mit dem Hinweis darauf, daß Christoph Kolumbus Amerika entdeckt habe. Als Vorschulkind hielt ich diese legendäre Gestalt für den Teufel, weil so viele italienische Erwachsene seinen Namen verfluchten, wann immer sie sich mit dem Hammer auf die Finger schlugen oder wenn ihre Söhne, von wilden amerikanischen Träumen korrumpiert, sich weigerten, die Familienschaufel zu schultern.

Um aber bei der Sache zu bleiben: Italiener haben ihren bescheidenen Anteil daran gehabt, dieses Land groß zu machen. Filippo Mazzei war ein enger Freund von Thomas Jefferson (und mag, auf echte Mafia-Manier, ein paar Punkte ins Bill of Rights eingeschmuggelt haben, mit der die Macht der Polizei geschmälert wurde). William Paca unterzeichnete die Unabhängigkeitserklärung und wurde Gouverneur von Maryland. (Weshalb habe ich das nicht in der Schule gelernt?)

Fiorello La Guardia war vielleicht der fähigste Bürgermeister, den die Stadt New York je hatte, und die Italoamerikaner verweisen stolz auf ihn als einen der wichtigsten Beiträge, die ihre Gruppe zur amerikanischen Demokratie geleistet hat. Dabei wurde La Guardia von den jüdischen Stimmen in New York City gewählt.

La Guardia war der einzige italoamerikanische Politiker, der eine besondere Qualität besaß. Wäre er seiner Zeit nicht so weit voraus gewesen, hätte er eine wahrhaft nationale Gestalt werden können. All die anderen italoamerikanischen Politiker – und deren gibt es viele: Senatoren, Kongreßabgeordnete, Gesetzgeber, Bürgermeister und Richter – haben außerhalb ihrer eigenen Staaten keinen großen Einfluß auf die stimmberechtigte Bevölkerung gehabt.

In der Literatur sind die Schriftsteller italienischer Abstammung nahezu überhaupt nicht in Erscheinung getreten. Allerdings ist dies nicht verwunderlich in einer Gruppe, deren Eltern nicht nur des Lesens und Schreibens unkundig waren, sondern die Lesekarten ihrer Kinder für die öffentlichen Büchereien mit dem gleichen Entsetzen betrachteten, wie die Mütter der Mittelschicht heute den Drogenkonsum ihrer Hippiesprößlinge wahrnehmen.

Nur Petro Di Donatos primitiver Roman „Christ in Concrete“ ist bekannt geworden. Als echter italienischer Bauer hat Mr. Di Donato mit seinen Honoraren eine eigene Baufirma gegründet. Seit jener erste Roman im Jahre 1939 erschien, hat er nichts Vergleichbares mehr geschrieben.

Dabei bestand vor zwanzig Jahren der gleiche Mangel an ernsthaften jüdischen Schriftstellern. In den literarischen Zeitschriften erschienen Essays, in denen nachgewiesen wurde, daß es einem Juden nicht möglich sei, einen größeren amerikanischen Roman zu schreiben. Heute haben wir Malamud, Bellow, Bruce Jay Friedman und Joseph Heller. Wenn die Bruder-Theorie zutrifft, können wir mit dem Auftauchen von italoamerikanischen Romanciers rechnen. Weniger wahrscheinlich hingegen ist, daß die italoamerikanischen Leser ihre Bücher kaufen werden (siehe das Rotes-Kreuz-Syndrom).

Italoamerikanische Schriftsteller beklagen sich darüber, daß sie aus ihrer ethnischen Gruppe nicht die gleiche Ermutigung bekommen, wie sie jüdischen Autoren aus der ihren zuteil wird. Es stimmt, daß amerikanischsprachige Zeitschriften von jüdischen Organisationen unterstützt werden, und diese Zeitschriften unterstützen naturgemäß jüdische Schriftsteller, die um eine Leserschaft kämpfen. Italoamerikaner verfügen über keine derartige literarische Plattform, doch sollten sie sich nicht grämen. Eine Zeitschrift wie das angesehene „Commentary“ jubelt zwar einem Malamud zu, gleichzeitig nimmt sie aber seine Haltung als Jude sehr genau unter die Lupe. Und ein jüdisch-amerikanischer Kritiker, der einen jüdisch-amerikanischen Autor verreißt, würde sogar einen Araber erschrecken.

Italoamerikanische Künstler brauchen derlei peinliche Aufmerksamkeit aus ihrer Gruppe nicht zu befürchten. Vor ein paar Jahren veröffentlichte ein solcher Autor ein Buch, das von den Kritikern sehr gut aufgenommen wurde, und der Rezensent der „New York Times Book Review“ lobte es als einen kleinen Klassiker der Italiener und ihrer Kinder in diesem Lande. Dem Buch war kein großer Erfolg beschieden, es erschien nicht einmal in einer Taschenbuchausgabe. Doch der Cheflektor eines Reprint-Verlages wollte es unbedingt kaufen. Da der Besitzer des Reprint-Verlages ebenfalls Italoamerikaner war, beschloß der Cheflektor, Verleger und Autor (beide doch schließlich liebenswerte *paisanos*) auf einer kleinen Party zusammenzubringen. Dem Verleger würde sicher daran gelegen sein, einem Landsmann zu größerer Verbreitung zu verhelfen. Der Schriftsteller, ein argwöhnischer, aus Süditalien stammender Amerikaner, würde sich bestimmt geschmeichelt fühlen und mit seinem Honorar so heruntergehen, daß die Publikation eines solchen schwerverkäuflichen Romans ermöglicht werde. (Jeder als „kleiner Klassiker" eingestufte Roman wird automatisch für schwer verkäuflich gehalten.) Und so wurde der Verleger, ein behender kleiner Mann, in konservatives Grau und Schwarz gekleidet, wie das nach der naiven Meinung der meisten Italoamerikaner einem erfahrenen Geschäftsmann geziemt, mit dem argwöhnischen Schriftsteller konfrontiert. Zum Erstaunen des angelsächsischen Cheflektors behandelten sich die beiden liebenswerten *paisanos* von vornherein mit unverkennbarer Grobheit. Der Verleger war herablassend und nicht daran interessiert, einen „Verlierer" zu unterstützen. Der Autor fragte den Verleger mit bäuerisch sizilianischer Unverschämtheit, ob er noch seines Vaters Schaufel benutze, und wenn ja, ob er mit ihr den Mist untergrabe, den seine Firma produziere. Der „kleine Klassiker" blieb bis zum heutigen Tage dem breiten Publikum unerreichbar.

Und nun müssen wir vergessen, daß Christoph Kolumbus Amerika entdeckte, und zur Sache kommen. Wird das organisierte Verbrechen in diesem Lande von Italienern kontrolliert? Nun ja, es trifft schon zu, daß irische Amerikaner mehr trinken als irgendeine andere Gruppe (die Statistik zeigt, daß 44 Prozent der Trinker in New York irische Amerikaner sind). Ebenso stimmt es, daß die Juden das Geldverdienen besser verstehen als andere (eine Volkszählung aus dem Jahre 1957 beweist, daß das Einkommen jüdischer Amerikaner höher ist als das irgendeiner anderen Gruppe, obwohl diese Zahlen infolge des Drucks jüdischer Organisationen, die das Ausbreiten einer antisemitischen Stimmung befürchten, unterdrückt wurden).

Aber kontrollieren Italiener und Italoamerikaner das organisierte Verbrechen in Amerika? Die Antwort muß ein widerwilliges, doch festes „Ja“ sein. Die Beweise liefern Hunderte von Büchern (darunter „The Green Felt Jungle“, „The Honored Society“, „Revolt in the Mafia“), die Untersuchungen des Senats, Joseph Valachi und alle jene, die laufend vom FBI verhaftet werden und deren Namen auf i oder o enden.

Aber das ist nicht eigentlich das Verschulden der Italoamerikaner. Jede Einwanderungswelle übertrifft die vorangegangene auf den Gebieten des Boxens, Baseball, Football und Kriminalität. Und auf jedem Gebiet, mit Ausnahme des Verbrechens, folgt die italienische Verhaltensweise getreu den soziologischen Lehrbüchern. Die Schwarzen und die Puertoricaner sind den Italienern jetzt im Sport überlegen, doch diese neu aufgetauchten Gruppen (die Schwarzen werden hier zu den Einwanderern gezählt, da sie erst seit kurzem eine Rolle in der amerikanischen Gesellschaft spielen) haben sich als erstaunlich unfähig für kriminelle Finessen erwiesen und die Italiener nicht verdrängt, wie die historischen Gesetze es eigentlich fordern.

Es muß zugegeben werden, daß die Italiener auf diesem Gebiet einige Begabung bewiesen haben. Was nicht überraschen darf – denn nur durch diese Begabung haben sie jahrhundertelang allen Widrigkeiten zum Trotz überlebt. Fast alle Mafiosi sind Sizilianer (Al Capone, ein Neapolitaner, ist die große Ausnahme), weil auf Sizilien die Mafia die Rolle des Robin Hood übernehmen mußte. Die herrschende Klasse plünderte, vergewaltigte, stand jenseits des Gesetzes. Gerechtigkeit mußte mit Gewalt herbeigeführt werden.

Im Verlauf der Jahrhunderte wurde die Mafia zu locker miteinander verbundenen kriminellen Gruppen, die sich von Reich und Arm gleicherweise ernährten. Klugerweise verbündeten sie sich mit den herrschenden Klassen, die sie zur Aufrechterhaltung der sozialen Ordnung brauchten. Aber die Geschichte der Mafia ist so bekannt, daß hier nicht näher darauf eingegangen zu werden braucht.

Doch die meisten Italiener, mindestens 99 Prozent, sind absolut ehrlich und gesetzestreu, so wie die meisten Iren keine Trunkenbolde sind und die meisten Schwarzen ihre Frauen und Kinder unterstützen. Auf der anderen Seite muß allerdings auch zugegeben werden, daß die meisten Manager des organisierten Verbrechens in diesem Lande italienischer Abstammung sind. Jene italoamerikanischen Interessengruppen, die das Buch von Valachi angeblich unterdrückt haben, und die italoamerikanische Anti-Diffamierungs-Liga erweisen allen Beteiligten einen recht schlechten Dienst. Das FBI hat seine Fehler, doch seine Unbestechlichkeit ist in der Geschichte der Bekämpfung des Verbrechens einmalig, und man sollte es nicht daran hindern, eine kriminelle Macht zu bekämpfen, die sich im amerikanischen Geschäftsleben ausbreitet und gleich einem Krebsgeschwür die lebenswichtigen Organe unserer Gesellschaft bedroht.

Andererseits sollte das FBI keine Agenten und Spione zu den Begräbnissen von Mafia-Bossen schicken. Kriminelle sind nämlich auch Menschen, keine Tiere, und bei den Menschen ist die Achtung vor dem Toten eine der sozialen Verhaltensformen, die die menschliche Existenz erträglich machen.

Auch sollten die Redakteure der „New York Times" – so beschlagen in Dingen des Fernen und Nahen Ostens, aber offenbar hilflos auf dem Gebiet der italoamerikanischen Moral – ihre Ablehnung von Mr. Frank Sinatra als Vorsitzenden der Anti-Diffamierungs-Liga nicht so betonen. Die „Times" schrieb über seine Freundschaft mit Sam Giacana, einem angeblichen Mafia-Boß. Aber sie unterschätzen die Liga und tun Sinatra Unrecht. Die Liga weiß sehr wohl, was sie tut, denn Sinatra ist der einflußreichste Amerikaner italienischer Abstammung. Er ist auch ein Mann von ganz außergewöhnlichem Format, denn es bedarf großer Willenskraft, um sich vom kleinen Schlagersänger zum König des Showgeschäftes emporzuarbeiten. Interessanterweise hat er offensichtlich sein persönliches Benehmen nach dem der großen Mafia-Chefs orientiert, die Sizilien beherrschten – nach ihrem besten Benehmen, möchte ich noch geschwind hinzufügen.

Diese Mafia-Chefs genossen die absolute Loyalität und den angstvollen Respekt ihrer Leute. Ihren treuen Anhängern ließen sie jede Hilfe zuteil werden und behandelten sie mit Achtung, wie bescheiden ihre Stellung auch war. Frank Sinatra hat vielen begabten Leuten zum Erfolg verholfen und den bereits Berühmten Beistand geleistet, wenn sie schwere Zeiten durchmachten. Ebenso scheint er über jene besondere Qualität zu verfügen, die alle großen Mafia-Chefs besaßen: die Fähigkeit, bei Gleichgestellten Achtung und Zuneigung zu erwirken.

Daraus ergibt sich, daß Sinatra einen wertvollen Aktivposten für die Liga darstellt. Er verhält sich loyal gegenüber seinen Freunden, stellt sich voll und ganz hinter jede Sache, die er unterstützt. Vor allem hat er das erstaunliche Kunststück fertiggebracht, nach seiner Scheidung ein guter Ehemann und Vater zu bleiben. Dies allein schon macht ihn Tausenden von Italoamerikanern lieb und wert. Wenn es jemanden gibt, der die Italoamerikaner dazu bewegen kann, der Liga beizutreten und per Post zehn Dollar an völlig Fremde zu schicken, dann ist es Mr. Sinatra.

Die Liga wußte, was sie tat. Aber wußte es auch Sinatra? Es gibt Beweise dafür, daß er ein unbesonnener Mann ist. (Da unterscheidet er sich von den Mafia-Bossen, denen er nacheifert.) Vor zwanzig Jahren kämpfte er für die Sache der Schwarzen, als dies noch keineswegs in Mode war, und machte sich die mächtigsten Produzenten Hollywoods unnötig zu Feinden. Kürzlich heiratete er mit fünfzig ein fast dreißig Jahre jüngeres Mädchen. In der Nevada-Affäre, die ihn seinen Anteil an einem gewinnträchtigen Spielkasino kostete, weigerte er sich, seiner Freundschaft mit Sam Giacana öffentlich abzuschwören.

All dies hätte er vermeiden können, die junge Braut nicht ausgeschlossen. Bedauerlicherweise muß man zu dem Schluß kommen – besonders im Hinblick auf seine Verbindung mit der Liga –, daß Mr. Sinatra den seltenen Typ eines Italieners darstellt, den die Bauern des Mezzogiorno einen „Frechkopf“ nennen: einen Menschen, dem seine eigenen Ärger nicht genügen und der sich deshalb in Dinge einmischt, die ihn nichts angehen und die ihm nichts einbringen.

Die Italoamerikaner brauchen keine Hilfe von der Liga, sie bedürfen nicht des Patronats von Frank Sinatra. Die Italoamerikaner haben sich selbst einen festen Platz in diesem Lande geschaffen. Nicht, weil sie so großartige Menschen sind – das mag sein –, sondern weil sie Jahre des Kämpfens und Leidens durchlebt haben, um zu den meiner Meinung nach menschlichsten Menschen zu werden. Wie der Mann in Sandburgs Gedicht, der auf seinen Grabstein setzen ließ: „Er aß, was ihm vorgesetzt wurde“, so hat der Italoamerikaner das Leben mit enormem Appetit hingenommen. Und selbst dann, wenn er den höchsten Rang erreicht hat, bleibt er sich immer bewußt, daß Menschsein unabänderlich mit dem Risiko der Lächerlichkeit verbunden ist.

Diese Art der Demut besaß auch Papst Johannes, und er hat damit einen tiefen Eindruck bei Nicht-Katholiken und Antiklerikalen hervorgerufen. Wenn er durch die Gärten des Vatikans spazierte, störten ihn manchmal die Menschenansammlungen. Um ihm dies zu ersparen, ließen die Kirchenbeamten einen Zaun ziehen. Papst Johannes, der den Zaun sah und den Grund für seine Errichtung nicht wußte, fragte besorgt: „Was ist, gibt's an mir etwas auszusetzen?“

Ein etwas erschreckenderes Beispiel dafür, wie gut Italiener sich anpassen können, ist die Geschichte vom Tod des größten Mafia-Chefs von Sizilien. Er war für tausend Morde und zahllose andere Verbrechen an seinen Mitmenschen verantwortlich. Er starb an einem Herzanfall. Seine Lieben versammelten sich um ihn, um seine letzten Worte zu vernehmen, die später der Polizei berichtet wurden. Sie lauteten: „Ach, wie schön ist das Leben!“

Auf irgendeine sonderbare Weise scheinen mir beide Geschichten tröstlich, beide bezeichnend für den italienischen Geist.

AUFZEICHNUNGEN AUS DEM TAGEBUCH EINES ERFOLGLOSEN SCHRIFTSTELLERS

Das Folgende sind Auszüge aus einem Tagebuch, das ich von 1950 bis 1954 führte. Ich sträubte mich gegen den Entschluß, sie hier einzufügen. Sie kamen mir peinlich vor, so voller Selbstmitleid, so unangenehm egoistisch, so naiv in der Betrachtungsweise von Kunst und Leben.

Ich schloß einen Kompromiß, indem ich jene Stellen herausnahm, die zu persönlich waren, um jetzt – oder überhaupt jemals – veröffentlicht zu werden. Vielleicht könnten diese Aufzeichnungen Schriftsteller und andere Menschen ermutigen, die darum kämpfen, Künstler zu werden. Oder sie abschrecken und zur Vernunft bringen. Das Tagebuch ist pessimistisch. Zu der Zeit, als ich es führte, hatte ich seit fünfzehn Jahren geschrieben und nicht mehr als dreihundert Dollar damit verdient. Zum Glück sah ich nicht voraus, daß ich noch weitere fünfzehn Jahre würde schreiben müssen, um Erfolg zu haben.

Eine alte und vertraute Geschichte – aber vielleicht hilft sie jemandem. Ich hoffe es.

Keinem, den ich mag, wünsche ich, daß er Schriftsteller wird. Keinem, der mir etwas bedeutet, wünsche ich, daß er sein Leben dem „künstlerischen Schaffen“ widmet. Und trotzdem glaubte ich daran. Der Glaube an die Kunst half mir vermutlich ebenso gut wie der Glaube an Gott oder an die Liebe oder an ein politisches Paradies.

Vor langer Zeit diente mir dieses Tagebuch dazu, meine Sache als Künstler zu vertreten, mein Versagen in der Kunst und im Leben zu entschuldigen. Heute, älter und klüger geworden, widerstehe ich der Versuchung, meine Spuren zu verwischen. Diese Aufzeichnungen sind nicht überarbeitet. Es macht nichts, daß der junge Mann, der sie schrieb, heute sogar auf mich lächerlich wirkt, es macht nichts, daß er irgendwann zu existieren aufgehört hatte. Ich beließ alles, wie es war. Ich trauere ihm nicht nach. Aber sein noch immer unschuldiger Geist wacht über mich und verbietet mir mit grundloser Arroganz, auch nur ein einziges Wort zu ändern.

Freitag, 29. Dezember 1950

Eigentlich sollte ich mit dem Beginn eines Tagebuchs bis zum neuen Jahr warten, das wäre psychologisch richtig. Aber mir ist danach, jetzt damit anzufangen.

Dies ist das Ende eines schlimmen Jahres. Zwei Kurzgeschichten und kaum etwas an dem Roman. Wenn ich so weitermache, kann ich mir das Schreiben gleich aus dem Kopf schlagen. Und ich frage mich, weshalb ich so wenig geschafft habe. Ich habe mehr nachgedacht, mehr überlegt als je zuvor in meinem Leben. Ich glaube, ich kann wahrheitsgemäß sagen, daß es das Wichtigste in meinem Leben ist, wirklicher als das, was mir widerfährt. Weshalb also habe ich so wenig zustande gebracht? Ich glaube, besser gesagt, ich hoffe, daß es eine ernste innere Vorbereitung war... Fast jeden Augenblick des Tages denke ich bewußt an die Arbeit, die ich zu tun versuche... Ein Jahr frei zu haben, nur zum Arbeiten! Das ist unmöglich, und es muß auch so gehen. Ich habe das Gefühl, ich werde es dieses Jahr schaffen, einerlei, was geschieht. Und das letzte Jahr war eigentlich gar nicht so schlecht. Zwei gute Stories (besser, wenn ich nicht so faul gewesen wäre)... fast 150 Seiten des Romans...

Ich möchte in meinem Leben gern fünf wirklich gute Romane schreiben. Nehmen wir für jeden fünf Jahre an, würde das fünfundzwanzig Jahre ergeben. Bis jetzt habe ich für „The Enemy" (1955 als „The Dark Arena" erschienen) zwei Jahre gebraucht, und vielleicht stellt er sich als einer der schlechtesten Romane heraus, die je geschrieben worden sind. Das ganze verdammte Ding ist verschwommen wie ein unscharfes Foto... Und doch kann ich nicht glauben, daß es ganz ohne Wert sein soll. Deshalb mache ich weiter damit. Und weil ich stur bin und es einfach nicht lassen kann. Das steht doch im Widerspruch zu der Art und Weise, wie ich sonst im Leben handle. Da bin ich bereit, alles sausen zu lassen – Geld, Freunde, meine Frau und meine Kinder... Obwohl ich meine Frau und meine Kinder liebe (wie eigenartig diese Worte klingen, wie bedeutungslos und unaufrichtig), wenn meine Frau zu mir käme und sagte, sie wisse nicht recht, ob sie bei mir bleiben solle, dann würde ich nicht versuchen, sie zu halten. Wenn es einer besonderen Mühe bedürfte, die Freundschaft mit jenen aufrechtzuerhalten, die ich kenne und bewundere, dann könnte ich diese Mühe nicht auf mich nehmen... Geld ist auch so etwas, das zu behalten ich mir keine Mühe gebe, und überraschenderweise mache ich mir deshalb keine Sorgen.

Finanziell ist es ein schlechtes Jahr gewesen. T. unterschreibt morgen ein Papier für mich, damit ich Schlafzimmermöbel kaufen kann. Das demütigt mich, aber ihn demütigt es noch mehr. Er schämt sich für mich und ist mir böse, daß mir der Stolz dazu fehlt, nicht zu betteln, und der Charakter dazu, vorzusorgen... Aber ich kann diese Sachen nicht ernst nehmen, auch wenn ich es versuchen würde. Das einzige, was ich ernst nehmen kann, ist das Schreiben, einerlei, wie lächerlich das auf Leute wirken mag, die keine Schriftsteller sind oder einfach nicht den Wunsch haben, zu schreiben.

Sonntag, 7. Januar 1951
Heute zwanzig Seiten geschafft ... fange an, etwas hoffnungsvoller zu werden. Mir fiel eine neue Geschichte für den Novellenband ein ... ich bin bestrebt, diese Kurzgeschichten festzuhalten, ehe sie verblassen.

Was für ein netter Kerl ich doch bin, sobald ich etwas Geschriebenes vorweisen kann, und was für ein Gefühl der Zufriedenheit ... Habe mit Tony gespielt, hat Spaß gemacht. E. etwas zu essen gemacht und sie mit meinem Segen ins Kino geschickt. Sonntage fallen mir gewöhnlich auf die Nerven, aber nicht heute ...

Was beweist, daß das Schreiben für meine Gesundheit gut ist, für mein Wohlbefinden, auch wenn ich ein miserabler Schriftsteller sein sollte. Ich möchte gerne wissen, wieso. Es ist ganz offensichtlich und im Grunde ganz unerklärlich. Also werde ich versuchen, es zu erklären.

Der Alltag bringt so viel Armseligkeit ... mit dem Schreiben oder mit einer anderen Kunst hat man einen Schild gegen das Leben und eine integrierende Kraft.

Dienstag, 9. Januar 1951
Die Blutbank-Story von „Harpers" zurückbekommen ...

Sonntag, 28. Januar 1951
Idee für eine Kurzgeschichte ... Zwei Personen entschließen sich, das „Wahrheitsspiel" zu spielen, d. h. einander rückhaltlos die Wahrheit zu sagen. Pointe: Persönlichkeitsbilder nicht in Einklang zu bringen mit den echten Personen ...

Fange an, ins reine zu tippen, was ich vom Roman vorliegen habe. Liest sich nicht übel, ist aber ziemlich mager. Hoffe, bekommt beim Tippen mehr Fleisch. Auf jeden Fall ist es klar, daß das Ganze umgeschrieben werden muß.

Sonntag, 24. Juni 1951
Roman fertig und seit zwei Monaten beim Verleger... Verleger schert sich nicht darum... Nie etwas abschicken, das nicht völlig fertig ist, auch wenn's eine große Verzögerung beim Erscheinen bedeuten sollte.

... Sieht aus, als käme ich nie aus den Schulden heraus. Noch ein Kind im September... Versuche, mehr Zeit fürs Schreiben zu haben, schwer mit den Überstunden, die ich machen muß, um die Familie am Leben zu erhalten. Es muß einfach gehen, das ist alles... Bin nach der Arbeit müde, und die Sonntagnachmittage gehören der Familie, was wichtig ist. Bleibt Sonntagvormittag und die Nacht und vielleicht ein paar Abende in der Woche, wenn wir nicht zuviel zu tun haben (Job).

Habe Kafkas Tagebücher gelesen. Enttäuschend... und widerlegen alle kritischen Erklärungen seines Werks.

... Notizen für die geplanten Stories durchgegangen. Einige sind weich und breiig geworden wie verfaultes Obst... bin ihnen entwachsen.

Sonntag, 4. November 1951
Wie zuversichtlich dieses Tagebuch klingt... ich habe alle Hindernisse aufgezählt... aber auf diesen Seiten gibt es keinen Zweifel daran, daß die Schlacht gewonnen werden wird... daß meine Schreiberei Erfolg haben wird, daß meine Kinder größer werden ... daß ich meiner Frau, für die ich verantwortlich bin, ein ziemlich glückliches Leben ermögliche... Heute früh bin ich aufgestanden und habe die „Sunday Times“ gelesen, E. geholfen, mit den Kindern gespielt und die ganze Zeit gedacht: ich gehe unter. Leidenschaftslos gedacht, wie eine Beurteilung, so, als wäre es jemand anders.

Ich glaube, ich werde es nie vergessen, daß es an einem Sonntagnachmittag geschah, daß ich es akzeptierte und zugab, daß ich es war. Daß ich ertrinke und wirklich glaube, daß ich die Kämpfe nicht gewinne, und daß ich es bin, wirklich ich. Ich hab' ein scheußliches Gefühl ... ich möchte ... es jemandem sagen, der mir etwas bedeutet, wie mir zumute ist und wie keiner da ist, dem ich es erzählen kann, also schreibe ich es einfach nieder und hoffe, daß ich es eines Tages lesen werde und darüber lache und sage: „Ja, ja, das war eine Schlacht, was?"

Ich werde mich ändern und neue Kraft finden müssen. Ich dachte, ich hätte sie ... hab' ich aber nicht ...

Ich habe nie erwartet, glücklich zu sein. Ein glückliches Leben zu führen, wie man sagt. Ich habe immer gedacht, wenn es einen Gott gäbe ... Er ist kein Verbrecher, wie der Straßenprediger sagte, dieser verrückte Hund ... Auch ich bin kein Verbrecher ...

Immer habe ich gesagt und gedacht: „Ich hab's gern schwer, und je schwerer es wird, desto besser geht's mir." O. K., ich nehme alles zurück und sage: „Onkel, Hilfe, laß mich Luft holen" (und ich bring' den Saukerl um).

Schon fühle ich mich besser ...

Ich habe nie mit falschen Karten gespielt, schon gar nicht Frauen gegenüber; nicht, weil ich, wie ich immer glaubte, Tricks verabscheue, sondern weil ich zu träge war. Und zu gleichgültig, Menschen gegenüber ...

Ein Mann muß jemanden lieben. Und da Liebe nicht dauert ... und vergehen muß, folgt daraus, daß ein Mann viele Male lieben muß. Ich rede nicht von Lust ... oder diesen falschen komödiantischen Affären, die Männer mit selbstgefälligen Frauen aufführen. Ich meine ein Verlangen zu lieben, eine Bereitschaft, Schmerzen und Erniedrigung auf sich zu nehmen und notfalls vernichtet zu werden. Frauen sind wichtiger, als ich dachte. Das ist eine wirklich eigenartige Zeile ... Aber es macht mich verrückt ... was ich immer für eine Schwäche hielt ... ist eine Schwäche, die ein Mann haben muß, um Kraft zu gewinnen oder sie zu bewahren.

Und dies trifft auf Frauen wie auf Männer zu. Es muß so sein. Und da sie unter einem noch viel größeren Druck stehen ...

um wie vieles mehr müssen sie darunter leiden, daß sie nicht lieben dürfen ...

Was soll's.

... Dann kommt das Geld. Und hier steht außer Frage, daß ich inkompetent bin. Monitär defekt. (Ich denke, ich bin entmutigt?)

Aber Geld bringt tatsächlich alles um. Ich muß zu viele Überstunden machen, durchschnittlich zwanzig Stunden die Woche. Ich bin zu müde, noch zu schreiben ... Kinder laufen herum ... kein Platz zum Arbeiten ... Aber das ist alles nicht so furchtbar wichtig ...

Den Kindern bin ich wohl nicht der hingebungsvollste Vater, aber wenn ich tatsächlich untergehe ... in einem Leben der „stillen Verzweiflung", will ich alles tun, es vor ihnen zu verheimlichen ...

Zeit, Geld, emotionelle Festigkeit ... Im Augenblick scheint alles weg zu sein ... Vielleicht ist das alles rein physisch ... Ich habe heute gut geschlafen, und heute abend fühle ich mich wohler als heute früh, als ich zu schreiben anfing.

O. K., ein neuer Versuch ... Ich brauche mehr Willenskraft. Sogar unter den Bedingungen, denen ich unterworfen bin, ist es nicht unmöglich, zu schreiben. Die Sache ist nur die, daß ich faul bin.

Sonntag, 11. November 1951
Es ist sonderbar, sich selber beim Auflösen zu beobachten ...

Montag, 12. November 1951
Ich habe ein Zeichen erhalten, ein kleines Zeichen, aber es gab mir großen Auftrieb ...

Ich bekam die Blutbank-Story vom „New Yorker" zurück. Ich hatte sie ihnen geschickt, obwohl ich wußte, daß es nichts für sie ist. Der „New Yorker" ist wie Gott, was die Annahme von

Beiträgen betrifft. Ich habe ihn schon als Kind gelesen und dabei eine Menge übers Schreiben gelernt...

Jedenfalls haben sie mir eine gedruckte Ablehnung geschickt. Hatte das erwartet... War nicht enttäuscht... wirklich nicht. Und dann bemerkte ich, daß an den unteren Rand des Zettels mit seiner nüchternen und förmlichen Ablehnung jemand geschrieben hatte: „Tut mir leid und danke."

Ich werde wohl nie erfahren, wer das war, dem es leid tat und der sich bedankte, aber er konnte nicht wissen, daß diese paar Worte zu einem Zeitpunkt kamen, da der Autor der Geschichte wirklich verzweifelt war und wirklich so etwas brauchte. Ich sage zu mir: Einem Menschen vom „New Yorker" gefalle ich, es gefällt ihm, was ich schreibe. Vielleicht war er sogar dafür, daß die Story angenommen wird. Ich baue Hirngespinst auf Hirngespinst... obwohl ... vielleicht war's der Redaktionsbote, der die Geschichte rein zufällig las, während er den Ablehnungsbescheid... Aber das spielt keine Rolle. Wenn ich je den Menschen kennenlerne, der das geschrieben hat, wird er mein Kumpel fürs Leben, und mag er noch so ein Scheusal sein... und mir ist so, weil ich meiner selbst und meiner Begabung nicht mehr sicher bin.

Sonntag, 25. November 1951

...Fühl' mich besser... Familie zum Erntedankfest... glücklich, ich zu sein. Nicht eingebildet. So wie ich bin. Würde meine Frau krank werden, mein Haus abbrennen, mein Buch Spott erwecken, mein Kind von einem Auto überfahren... würden die unwahrscheinlichsten Schicksalsschläge mich treffen, und jemand käme zu mir und sagte: „Laß uns tauschen; ich bin du, und du bist ich" – und erzählte mir, er hätte eine Million Dollar, eine schöne und treue Frau, und sein Buch habe den Pulitzer-Preis und den Nobelpreis bekommen und alle anderen Autoren am Schreiben entmutigt... ich würde *nein* sagen. Ich bin ich. Ich will ich sein ... Scheiße. Ich bin lächerlich, ich habe kein Geld, und ich bin meiner Begabung nicht sicher; ich hause unhäuslich in der tiefsten Häuslichkeit, aber Scheiße ... Ich mache keinen Eindruck auf Weiber, habe keinen festen Willen, verpatze alles, hasse meinen Job – aber Scheiße. Du willst mich wohl aufs Kreuz legen ...

Dies ist nicht sachlich.

Und wenn ich nächste Woche aus dem Fenster springe, hoffe ich, daß jemand diese Seiten zerreißen wird ...

Und so ist jedem zumute ...

Und was soll das besagen?

Sonntag, 9. Dezember 1951
Habe das Buch von Scribner's zurückbekommen, wie erwartet. Muß es eben nochmal überarbeiten. Hoffe, den Monat frei zu haben. Habe H. (Verleger) kennengelernt, und er hat mir gesagt, sei immer noch an dem Buch interessiert.

Sonntag, 16. Dezember 1951
S. rief vergangene Woche an; ihr Freund hat emotionelle Probleme, und sie meint, ich könne ihm helfen. Er bringt sie auf die Palme. Aber wenn man jemand mit Nägeln pikt, darf man sich nicht wundern, daß er brüllt ... Komisch dabei ist nur, daß ausgerechnet ich die Sache in Ordnung bringen soll. Ich blute selbst, und sie verlangen, daß ich jemandem Verbände anlege ... Ich werde es versuchen ... Aber jeder muß sich selber retten.

Sonntag, 30. Dezember 1951
Dies schließt das Jahr ab. Bewiesen, daß ich nicht faul beim Arbeiten bin. Durchschnittlich jede Woche fast sechzig Stunden Job ... immer noch faul, wenn's ans Schreiben geht.

Programm fürs neue Jahr. Altes Buch beenden und neues beginnen. Mindestens zwei neue Stories schreiben ... Job aufgeben, wenn es irgendwie geht ... ein mieses Jahr.

Undatiert

Einer, der an etwas glaubt, gleichgültig an was, einer, der jemandem vertraut, mag der auch des Vertrauens unwürdig sein ... rührt mich zu Tränen oder weckt meine Verachtung.

Ein Kind kann so leicht weinen, weil es nicht weiß, daß sein Schmerz mit der Welt zusammenhängt, daß er eine Bedingung des Lebens ist. Und da es das nicht weiß, kann es seinen Schmerz leicht beenden.

Montag, 10. November 1952

(Nota bene: kurz vor dieser Eintragung hatte ich meinen Job an den Nagel gehängt und alles darangesetzt, den ersten Roman zu vollenden, zu überarbeiten und zu verkaufen.)

Ums Arbeiten brauche ich mir keine Sorgen zu machen. Ich habe dieses Zimmer für mich allein, wo ich in Ruhe und Frieden schreiben kann. Und dennoch fühle ich mich elend ... Alles Körperliche entschwindet ... lebe in einer Welt, die isoliert ist, und versuche herauszufinden, was zum Teufel da nicht stimmt.

Das Geldproblem ist eine schwere Belastung, so unpoetisch das auch sein mag. Und ich habe den Mut, meinen Job an den Nagel zu hängen. Verzweiflung.

Zum An-den-Nagel-Hängen: Leute wie B. und J. und S. sagen: „Junge, du hast aber Mut, du hast aber Nerven", und sie beglückwünschen mich, und ich spiele mit. Aber auf beiden Seiten ist etwas unecht.

Ich spüre bei ihnen eine Verlegenheit, eine leise Verachtung, daß ich so unbeirrbar auf meine Begabung vertraue (was ich nicht tue), und das Mitleid mit jemandem, der sich selbst so lächerlich betrügt ... Von meiner Seite her ist es Unglücklichsein ... ich bin unfähig, in ausgefahrenen Geleisen zu leben ... Und nun sitze ich in einem möblierten Zimmer für elf Dollar die Woche. Ich kann es drei Monate durchhalten, das Buch vollenden, dieses miese, beschissene Buch ... eine Kurzgeschichte ... Theaterstücke ... wenn kein Geld einkommt, zurück ins Zwangsgeschirr.

Später
Dieses Zimmer hat zwei Stühle, einen kleinen Tisch ... ein Bett ... ein Fenster, das in einen Steingarten hinausblickt ... Erde aus Zement, ein Tisch mit grüner Platte wächst in der Mitte wie ein giftiger Riesenpilz ... eine dreieckige Kiste, die richtige Erde enthält, und in dieser Erde wächst ein kahler Stock bis über Fensterhöhe. Am Fuß dieses Steckens breiten sich kleine Stiele wie Zehen aus und tragen tote gelbe Blätter. In einer anderen Ecke ist ein erhöhter Thron (Schuhputz im Sommer) auf einer erhöhten Plattform aus Steinen, flankiert von leeren umgedrehten Blumentöpfen, gegenüber eine Messingstange, hell wie Gold und zu einem goldenen Aschbecher gebogen. Ein graues, silbriges Licht, sterbender Herbst und November bilden den Wandteppich, auf dem sie ruhen.

Fingerübungen.

Freitag, 14. November 1952
Habe den Versuch aufgegeben, in diesem Zimmer zu arbeiten, und habe alles heimgeschafft ... Unfähigkeit, allein zu sein ... mich mit meiner Arbeit zu isolieren ... schlechtes Zeichen. Zu Hause bin ich glücklicher.

Der Eindruck von Erfahrung auf Kinder ist die einzige wahre Magie ... Im Alleinsein können sich Kinder entfalten und Schönheit finden ... die meisten Menschen können es nicht. Und dennoch, wie schmerzhaft die Kindheit war ... und vielleicht liegt da die Antwort. Kinder nehmen keine dummen abstumpfenden Drogen, um den Schmerz zu betäuben. Erwachsene haben viele, und in ihrer Narkose verlieren sie dann den unerklärlichen Schauer der Schönheit ...

Ich würde gerne böse sein ... Banken ausrauben ... Mord und Totschlag begehen ... jeder müßte Angst vor mir haben, weil ich ein richtig hartgesottener Bursche bin ... meine Frau betrügen ... Känguruhs schießen. Aber ich bin ängstlich und schüchtern und käme in schreckliche Verlegenheit, wenn ich irgend jemandem zu nahe träte ... Dies ist das Bild eines Mannes, der ernsthaft glaubt, er könne ein großer Schriftsteller werden ... lächerlich ...

Samstag, 15. November 1952

Gestern alles bestens. Habe das Buch überlesen, mit den Kindern gespielt, einen ruhigen Abend mit E. verbracht. Hab es wirklich genossen. Wieso eigentlich? An einem anderen, genau gleichen Tag, wäre ich verrückt geworden. Der Schluß des Buches ist immer noch miserabel. Ich weiß aber vielleicht, wie ich es hinkriegen werde.

Sonntag, 16. November 1952

Vergangenen Donnerstag fragte mich J.: „Sag mir die Wahrheit, ist mein Roman verworren?“ Auch ich habe an Autoren dieselbe Frage gestellt: „Sag mir die Wahrheit, ist das Buch wirklich gut?“ Meinend, sag's mir nicht aus Freundschaft, sag mir, daß ich hoffnungslos bin und kein Talent habe, daß meine Schreiberei Mist ist.

O. K. Keiner wird die ganze Wahrheit sagen ... sag mir, daß ich ein großer Künstler bin, sag mir, daß meine Arbeit Wert hat. Aber die Antwort hat keinen Wert. Wenn er sagt: „Unsinn, Blödsinn, nichts dahinter, gib es auf!“ was tut man, gibt man auf? Wenn er sagt, du bist großartig, phantastisch ... was dann? Was, verdammt noch mal, weiß der schon?

... Man kann nur zu sich selber sagen: „Sag mir die Wahrheit" ... bearbeite das Manuskript ... streiche, was falsch ist ... kümmere dich nicht um andere ...

Nicht Zuversicht, Selbstbewußtsein, arrogante, blinde Unbekümmertheit, sondern die Fähigkeit, alle Schläge gegen Selbstachtung und Glück einstecken, in der Hoffnung und Freude an deiner Kunst ... Diese Hoffnung aufrechtzuerhalten, das macht das Schreiben so schwer ... Keine Frage, daß Verleger und Autoren Feinde sind. Selbst dann, wenn der Verleger recht hat, hat er unrecht.

Mittwoch, 19. November 1952
Bin losgegangen, um meinen Scheck abzuholen, und es ist eigenartig, wie man schon nach kurzen zehn Tagen jeglichen Kontakt mit Menschen verliert, die jahrelang Arbeitskollegen waren ...

Gestern mit A. Kaffee getrunken, er berichtete, er wolle eine reiche Frau heiraten. Er meint, dies dadurch erreichen zu können, daß er sich als Künstler einen Namen macht. Wenn er drei Bücher veröffentlicht ... die magische Zahl ... Dann beklagt er, daß er nicht um seiner selbst willen geliebt wird, daß die Frauen mit ihm schlafen, weil er Schriftsteller ist. Und er ist verstimmt, weil sie ihn nicht um seiner selbst willen lieben, und verachtet diese Frauen ... Seine Methode bei Frauen ... er versetzt ihrer Eitelkeit einen schweren Schlag, während er den hingebungsvollen Liebhaber markiert ... Seinen Traum zu erreichen, kann einem das Talent zerstören ...

Mittwoch, 26. November 1952
... Roman, der Held in Verbindung mit anderen Figuren ... und nicht wissen, wie sie werden ... lose Fäden ...

Donnerstag, 11. Dezember 1952
Gelähmt durch diese ewigen Schulden ... Brief von der Bank wegen Anleihe. Sieht aus, als müßte ich im Januar wieder arbeiten gehn.

Sonntag, 14. Dezember 1952
Sonntag ... der für den Gottesdienst bestimmte Tag. Der Tag der Ruhe ... Was passiert, wenn man am Mittwoch so müde ist, daß man sterben würde, wenn man keine Ruhepause einlegte? ...

Da hänge ich einen guten Job an den Nagel, um Schriftsteller zu werden, und in diesen paar Wochen wird mir klar, daß ich ein hoffnungsloses Buch geschrieben habe. Eine teuflische Entdeckung.

... Ich muß aufgeben. Anfang des Jahres gehe ich auf die Suche nach einem neuen Job ...

Dies ist jetzt der Ort, all meine Ressentiments loszuwerden, so kindisch sie auch sein mögen ... Seit ich meinen Job quittiert habe, hab' ich von keinem, der mir nahesteht, auch nur ein einziges Wort der Ermutigung gehört. Ich sehe ein, weshalb, und ich versteh's ... aber ...

Brief von der Bank, es sei erforderlich, daß ich mich in die Zentrale begebe, weil ich die 1.000 Dollar nicht bezahlen kann. Herr im Himmel, wollen die mich erschießen? Mich foltern? Mich ins Gefängnis sperren? Mir mein Bett und meinen Tisch und – gelobt sei Gott – meine Schreibmaschine wegnehmen? „Es sei erforderlich, nach Erhalt dieses Schreibens, sich in die Zentrale zu begeben." Scheiße. Donnerstag habe ich den Brief gekriegt, und vor Montag gehe ich nicht hin. Mir könnt ihr keine Angst machen.

Und wenn's Donnerstag früh nicht geregnet hätte und ich mir nicht gerade einen Zahn hätte ziehen lassen, dann wäre ich gleich vom Briefkasten aus hingerannt ... Freitag Brief von Gimbels, Samstag Brief von der Wohnungsbaugesellschaft und der Versicherung ... Zinsen fürs Darlehen, jährlich fällige Versicherungsprämie. Ich krieg's mit der Angst ...

Auf wieviel kommt das? Erbärmliche 2.000 Dollar – oder weniger. Ist das Grund zur Verzweiflung? Soll ich mir die Haare raufen, Seiten in meinem Tagebuch vollschreiben, einen weiteren schlechten Schluß an die drei schlechten Schlüsse (meines Buches) heften? ... Ist das ein Grund, diese jämmerlichen 2.000 Dollar?

Aber es reicht weiter ... Mit Menschen leben, die nicht verstehen, was man liebt. Jahrelang jeden Stolz herunterschlucken und Arbeit verrichten, die man haßt ... Mein großer Mangel an Disziplin.

Was am schwersten zu ertragen ist, daß ich in den Menschen, die mir nahestehen, keine Zuversicht erwecken kann, keine Liebe, kein Vertrauen, keine Achtung ... ich glaube, ich habe mir Mühe gegeben. Ich habe mir Mühe gegeben, so sehr ich konnte ...

Das Selbstbedauern auf all den vorangehenden Seiten wäre unentschuldbar, wenn es den Betroffenen gegenüber offen ausgedrückt würde. Ich schreibe es hier nieder, um es loszuwerden, aus Gründen der Gesundheit. Denn die traurige Tatsache ist die, daß jeder in seiner eigenen kleinen Falle von Hoffnungen gefangen sitzt; sie grollen mir, wie ich ihnen grolle. Ich enttäusche sie, wie sie mich enttäuschen. Und es ist wirklich keines anderen Schuld. Sich abfinden.

Samstag, 17. Januar 1953
Buch beendet und zum Verleger. Mit dem schlimmstmöglichen Schluß, Mord und Selbstmord. Weshalb habe ich das gemacht? Jedenfalls ohnehin ziemlich hoffnungslos.

Ich kann sagen ... die ganze Geschichte, meinen Job an den Nagel zu hängen, um freier Schriftsteller zu werden, ist ein Reinfall. Aber mir hat es Spaß gemacht. Froh, daß ich es versucht habe.

Donnerstag, 21. oder 22. Januar 1953
Gestern Brief vom Verleger, Buch abgelehnt ... Zurück in die Tretmühle. Was sonst? Nichts.

Samstag, 7. Februar 1953
Hatte Job für vier Stunden, dann abgehauen. Hatte eine Idee ... Verkaufe 20% meiner Einkünfte aus den nächsten drei Büchern für dreißig Dollar die Woche die nächsten 16 Wochen. Aber wer nimmt schon so ein Angebot an?

Freitag, 26. März 1953
Lauere auf Antwort von Bobbs-Merrill. Die allerletzte Hoffnung. Bis jetzt bin ich durch Borgen und Pumpen durchgekommen.

Hatte zwei weitere Jobs, bin getürmt.

Versuchte, billigen Schund zu fabrizieren, mußte aber aufgeben. Unmoralisch und uninteressant.

E. sehr verletzt, weil ich ihr kein Geld für Osterkleidung der Familie geben kann. Habe keins.

Samstag, 9. April 1953
Hier endet das Tagebuch.

Heute Brief von H., Ablehnung des Buches. Drückt ehrliches Mitgefühl aus, konnte es leider nicht annehmen ... erniedrigend ... das Wissen, daß die Leute einen bemitleiden ...

Habe meinen Schreibtisch leergeräumt, alle Aufzeichnungen in Koffer gepackt. Wo soll man Geld verdienen?

Ich habe entsetzliche Ressentiments, die ich nicht auszudrücken wage. Ich weiß, daß die Niederlage allein meine Schuld ist, aber das hilft nicht weiter. Ich will nicht mehr schreiben, aber ich weiß, daß ich es nach einer Weile doch wieder tun werde. Aber ich glaube nicht, daß ich jemals wieder fähig sein werde, jemanden gern zu haben. Gleichgültig, wie gut die Dinge sich später auch entwickeln mögen. Und werde von mir selber nie mehr allzu viel halten können ...

Am 20. Januar 1954 habe ich meinen Roman an Random House verkauft, er erschien im Februar 1955. Der Titel lautete: „The Dark Arena“. Die erste Kritik, die ich las, nannte mich degenerierter und schmutziger als Mailer und Jones. Die zweite Kritik nannte mich einen echten Künstler. Die meisten Kritiken waren gut, einige besser als gut.

Ich habe ein neues Tagebuch begonnen. Die erste Eintragung verzeichnete die Verkaufsziffern meines Buches. Bis 1959 machte ich Eintragungen, aber die füllten kaum ein Notizheftchen. Dieselbe Quengelei.

Komischerweise erwähne ich nicht, daß mir ein Verleger eine Option über 500 Dollar gab, um für das Buch ein „Happyend“ zu schreiben. Hätte ich es getan, wäre es 1952 erschienen, drei Jahre früher. Ich habe sein Geld angenommen und meinen eigenen Schluß geschrieben. Das war unehrlich, aber ich hatte recht. Das Buch wurde schließlich mit meinem Schluß veröffentlicht, ob gut oder schlecht.

Der Witz ist nur, daß meine eigentlichen Schwierigkeiten erst nach diesem Tagebuch begannen.

NACHWORT

Dinge, die ich zu spät erfuhr, um sie im Kapitel „Die Entstehung des Paten“ unterzubringen:

1. Ein im „Paten“-Film auftretender Schauspieler hat sich mit der Presse in Verbindung gesetzt, um eine Story zu verkaufen: wie er nämlich durch Mafia-Beziehungen seine Rolle bekommen habe.

Ich bin schuldlos in zweierlei Hinsicht. Erstens kenne ich niemanden von der Mafia. Zweitens konnte ich nicht einmal Freunden zu Probeaufnahmen verhelfen. Komisch an dieser Geschichte ist, daß dieser Mann offensichtlich keine Verbindungen zur Mafia hat, sonst würde er es nicht wagen, so eine Story anzubieten. Was, vorausgesetzt, daß er aufrichtig ist, bedeutet, daß er den, der ihn engagierte, geblufft hat.

2. Die am meisten zitierte Zeile aus dem „Paten“ lautet: „Ein Anwalt mit seiner Aktentasche kann mehr stehlen als tausend Männer mit Pistolen.“ Diese Zeile findet sich im Film nicht. Ich habe Bob Evans, den Produktionsleiter, darauf hingewiesen.

Sogleich hat er dem Produzenten, Regisseur usw. erklärt, daß diese Zeile im Film sein *müsse*. Soviel zum Beruf des Produktionsleiters; sie ist immer noch nicht drin. Und Leute aus Frankreich, England, Deutschland und Dänemark haben mir gegenüber diese Zeile mit größter Fröhlichkeit zitiert. Einige davon waren Anwälte.

3. Es befindet sich ein Spiel für Kinder auf dem Markt, „Das Patenspiel“, das den Kleinen angeblich beibringen soll, wie man stiehlt und raubt und Menschen übers Ohr haut. Ich habe nichts damit zu schaffen und bekomme keine Provision oder Prozente dafür. Was mich nicht ärgert. Mir ist es lieber, wenn Menschen ihren Kopf zum Geldverdienen gebrauchen, statt ihrer Muskeln.

Doch erinnere ich mich, daß vor etwa einem Jahr ein Mann an mich herantrat und meine Unterstützung für dieses Spiel erbat. Als Vermittler fungierte ein Freund von mir. Mein Freund würde auch daran verdienen, sagte er. Der Mann zeigte mir das Spiel, und ich fand es stumpfsinnig. Auch sagte ich ihm, daß meines Wissens Paramount Pictures über die Spielrechte verfügten. Trotzdem versuchte er, uns ’rumzukriegen, wobei sein Hauptargument war, daß ein Vermögen daran zu verdienen sei. Nach einer Weile plauderten wir nur noch, und er begann von seinem Liebesleben zu erzählen, wie er zwei Mädchen am Gängelband habe, die ihm jeden Wunsch erfüllten, und keine wisse von der anderen. Er war ungeheuer stolz darauf, und es war augenfällig, daß er die Wahrheit sprach. Er hatte jenen gewissen Charme, auf den viele Frauen fliegen und den die meisten Männer nicht mögen. Schließlich verabschiedete er sich. Mein Freund wendete sich zu mir und sagte: „Was hältst du davon?“

„Wenn er zwei Mädchen gleichzeitig aufs Kreuz legen kann“, sagte ich, „kann er auch zwei Kerle aufs Kreuz legen.“

Und so war es. Mein Freund bezieht keinen roten Heller aus dem Spielgeschäft.

4. „The Rolling Stone"-Zeitung druckte einen Artikel von jemandem, der behauptete, er habe sich eingeschlichen und eine Version des „Paten"-Films gesehen. Im Vorübergehen interviewte er Francis Coppola, den Regisseur des Films. Er liebe Francis, und er liebe den Film. Ich weiß, wie leicht es ist, Francis gernzuhaben, aber was den Film angeht, da kann ich nichts sagen. Denn bis zu dem Augenblick, da ich dies schreibe, konnte ich mich nicht einschleichen und die endgültige Version sehen.

Jedenfalls rief mich Bob Evans an – von Los Angeles nach New York –, um zu fragen, ob ich die Kritik gelesen hätte. Er war entzückt, daß der Rezensent den Film großartig gefunden habe. Des Durchschnittspublikums waren wir uns sicher gewesen, und jetzt sah es so aus, als gewännen wir auch noch die Avantgarde. Dann rief Peter Bart an – von Los Angeles nach New York – wegen desselben Artikels. Er war begeistert. Auch fand er es interessant, daß der Kritiker der „Rolling Stone" gewisse Parallelen zwischen der Mafia, dem Krieg in Vietnam und den großen Geschäftemachern der Industrie gezogen hatte. Der Rezensent vom „Rolling Stone" war beeindruckt, daß dem Regisseur dies gelungen sei. Und am gleichen Tag wurde ich noch einmal angerufen – von Los Angeles nach New York –, und diesmal von Al Ruddy, dem Produzenten. Er war noch begeisterter als Evans und Bart, und auch er fragte mich, ob ich Rezension und Interview im „Rolling Stone" gelesen hätte.

Ja, ich hatte es gelesen, denn fünf Freunde schickten mir den Artikel zu. Sie schickten ihn mir nicht, weil sie begeistert gewesen waren. Sie schickten ihn mir, weil sie böse waren. Und böse waren sie, weil der Rezensent behauptete, Francis Coppola habe nur drei Wochen dazu gebraucht, das Drehbuch des Films zu schreiben. Im Vorübergehen versetzte der Rezensent dem Roman noch einen Hieb, wogegen nichts einzuwenden wäre –, nur, daß er offenbar das Buch nicht gelesen hatte, sonst hätte er gewußt, daß die Parallelen zu Vietnam und zur Hochfinanz im Roman vorhanden sind. Meine Freunde waren böse, weil der Artikel so klang, als hätte ich am Drehbuch überhaupt nicht mitgewirkt. Aber meine Freunde sind abgeschirmte Literaten und Künstler und leicht in Rage zu bringen. Ich persönlich war ihm dankbar, daß der Rezensent im „Rolling Stone“ nicht sagte, Francis habe den Roman geschrieben.

Für mich war das Komischste an der Sache, daß weder Evans noch Bart noch Ruddy überhaupt merkten, daß der Artikel mich ’runterputzte. Aber Filmleute sind wohl so.

5. Der Regieassistent des „Paten“-Films hat ein Buch über die wahre Geschichte der Dreharbeiten des Films geschrieben. Ich bat sogleich um ein Exemplar und versprach einen Waschzettel, wenn mir das Manuskript gefalle. Weil ich gerne wüßte, was sich nun wirklich abgespielt hat.

Ich brauche immer ein oder zwei Jahre, ehe ich auf dem Laufenden bin – was für mich als Autor seine Vorteile hat, mein Alltagsleben hingegen kompliziert. So wird mir erst jetzt klar, daß ich von Evans und Bart und Ruddy bei Paramount sehr gut behandelt wurde, daß sie mich aber im Grunde verzauberten. Einen Tag war ich im Mittelpunkt der Macht und augenscheinlich an allen Entscheidungen beteiligt. Plötzlich aber konnten sie mich verschwinden lassen. Und immer ließen sie mich dann verschwinden, wenn sie irgend etwas taten, von dem sie das Gefühl hatten, es werde mir nicht recht sein. Was natürlich recht rücksichtsvoll war, mich jedoch im dunkeln ließ, was bei den Dreharbeiten zum „Paten“ wirklich passierte. Also bin ich auf das Buch des Regieassistenten gespannt. Vielleicht auch klärt es mich darüber auf, wie die endgültige Fassung des Films aussieht.